Y BACHGEN Â'R ADENYDD

Lenny Henry

Darluniau gan Keenon Ferrell
Addasiad gan Nia Morais

Y BACHGEN
Â'R ADENYDD

Cyhoeddwyd gyntaf yn Gymraeg yn 2023
gan Rily Publications Ltd, Blwch Post 257, Caerffili, CF83 9FL
www.rily.co.uk

Cyhoeddwyd gyntaf ym Mhrydain yn 2021 fel 'The Boy with Wings' gan Macmillan
Children's Books, rhan o Pan Macmillan, The Smithson, 6 Briset Street, Llundain, EC1M 5NR
www.panmacmillan.com

ISBN: 978-1-80416-335-1

Addasiad Cymraeg gan Nia Morais gyda chefnogaeth Siân Lewis.

Argraffwyd a rhwymwyd yn y DU gan Ashford

CYMYSGEDD
Papur o
ffynonellau cyfrifol
FSC® C011748

Mae'r cyhoeddwyr yn cydnabod cefnogaeth ariannol Cyngor Llyfrau Cymru.

Fy Lisa hyfryd, yr Esme arbennig,
a'n teulu hynod o gefnofgol.

Diolch i chi.

Prolog

Eisteddai'r bioden ar y silff ffenest yn sbecian drwy'r gwydr, yn union fel petai'n gwylio'i hoff raglen deledu. Yn lle chwilio am chwilod, pryfed, lindys, pryfed cop a mwydod (dychmyga nhw i gyd mewn pei…), am nawr, roedd hi ond eisiau syllu ar y bachgen.

Doedd gan y bioden ddim syniad pam roedd hi eisiau syllu; ond roedd hi'n siŵr bod hyn yn bwysig iawn, iawn. Ac felly arhosodd yr aderyn busneslyd ar y silff, gan gadw'i llygaid sgleiniog ar y bachgen yr holl amser.

1
MAE TUNDE'N DDEUDDEG!

Roedd heddiw'n ddiwrnod pen-blwydd Tunde. Roedd e'n ddeuddeg oed ac yn mynd i gael parti – dathliad bach gyda rhai o'i ffrindiau. Roedd e'n edrych 'mlaen yn fawr iawn, a doedd dim syniad ganddo, dim clem o gwbl, fod y parti'n mynd i orffen gyda ffeit anferth, cnocia-nhw-lawr, bysedd-lan-y-ffroenau, tynnu-gwallt, sgwishio-trwynau: hynny yw, BRWYDR.

Dyma ambell beth y dylet ti wybod am Tunde cyn i ni ddechrau: roedd Tunde wedi'i fabwysiadu.

Doedd dim syniad ganddo pwy oedd ei rieni go iawn na pham eu bod nhw wedi rhoi eu babi i ffwrdd. A doedd dim ots gyda fe chwaith.

Wel … dyna beth oedd Tunde'n ei ddweud wrth ei ffrindiau, ta beth. Ond roedd ei deimladau go iawn yn fwy HYBLYG a **chordeddog** na band rwber mewn meicrodon.

Ron a Ruth Wilkinson oedd enwau mam a dad mabwysiadol Tunde, ac roedd e'n hapus iawn gyda nhw. Roedden nhw'n cŵl.

I ddechrau – roedden nhw'n edrych yn debyg iddo fe. Er eu bod nhw wedi'u geni ym Mhrydain roedd gyda nhw groen

tywyll, a'u teuluoedd yn dod o'r Caribî. Roedden nhw'n gweithio'n galed, yn glyfar, ac yn dwlu ar Tunde. Roedd gan Ruth, mam Tunde, wallt Affro epig wedi'i glymu mewn bynen ENFAWR (digon mawr i ti allu'i gweld hi o'r lleuad, yn ôl ei dad) ar ei phen a chroen tywyll prydferth. Roedd hi'n gweithio mewn labordy o'r enw **Y Safle**, lle'r oedd hi'n treulio'i dyddiau'n syllu ar res o sgriniau, gan drio gwneud i'w chyfrifiaduron siarad â'i gilydd. Dyna sut roedd hi'n disgrifio'i swydd i Tunde, ta beth.

Roedd Ron Wilkinson yn fyrrach na'i wraig. Roedd ganddo wallt du, cyrliog, ac er bod y rhan fwyaf o'r blew ar ei gorff yn tyfu o'i ben, roedd ambell flewyn yn **egino** o'i wddf a choler ei grys. Hoffai dynnu coes drwy ddweud ei fod yn perthyn i gi defaid. Roedd Ron hefyd yn gweithio yn Y Safle, a dyna lle cyfarfu â Ruth. Arbrofi ar ffrwythau, llysiau, cnau a mwyar oedd swydd Ron, a'u gwneud yn fwy, yn gryfach, yn fwy maethlon ac yn fwy blasus.

Roedd Ron yn mwynhau ei waith, ac weithiau byddai'n dod â samplau enfawr adref. Pwmpen mor fawr roedd angen ei winsio drwy'r ffenest, llus rhy fawr i'w symud o'r ardd, a physgodyn mawr oedd yn gallu siarad. Samwn o ddyfroedd yr Iwerydd oedd hwnnw. Buodd e'n byw yn y bàth am gyfnod!

Doedd Tunde erioed wedi bod y tu fewn i'r Safle, ond roedd wedi cerdded heibio droeon. Roedd Y Safle'n enwog yn yr ardal. Roedd waliau, ffensys a weiren bigog yn amgylchynu bob labordy a maes prawf, yn union fel waled Donald Trump.

Roedd Tunde'n cael ei fwlio'n aml – yn yr ysgol, ar y bws, hyd yn oed wrth chwarae yn y parc. Fel arfer, lliw ei groen oedd wrth wraidd y cyfan, felly gofalodd ei fam a'i dad fod Tunde'n dysgu am rai o'r bobl wych a llwyddiannus – dyfeiswyr, anturiaethwyr, athletwyr, doctoriaid, nyrsys, gwyddonwyr, a cherddorion – oedd yn edrych yn union fel fe.

'Tunde,' medden nhw. 'Os bydd rhywun yn galw enwau arnat ti yn yr ysgol, meddylia am y bobl hyn …'

- Benjamin Banneker, a ddyfeisiodd gloc fu'n cadw amser yn berffaith am bedwar deg mlynedd.
- Muhammad Ali, y bocsiwr pwysau trwm a enillodd Bencampwriaeth y Byd dair gwaith yn olynol.
- Dr Martin Luther King, Jr., a wynebodd ganonau dŵr a chŵn ffyrnig, wrth ymgyrchu dros ryddid i bobl oedd yn edrych fel Tunde.
- A … Garrett Morgan, y dyn a ddyfeisiodd y goleuadau traffig.

Roedd Tunde'n eu cofio nhw i gyd, ond roedd peidio â chrio pan oedd hwligans â llai o frêns na thatws yn gwneud hwyl am ei ben yn anodd iawn.

Dyw gwybod holl hanes Muhammad Ali ddim yn golygu eich bod yn gallu ennill ffeit yn erbyn y bwli mwyaf yn eich blwyddyn (Cynan Parri oedd hwn). Y cyfan mae'n ei olygu yw bod gyda chi gof da.

Bob tro roedd Tunde'n ceisio esbonio hyn i'w dad, ateb Ron fyddai, 'Fachgen, fe ddaw amser pan fydd rhaid i ti sefyll dros yr hyn sy'n iawn. Weithiau yr unig ffordd o ddelio â bwlis yw eu taro, unwaith, yn galed ar y trwyn. Bydd hynny'n

dysgu gwers iddyn nhw.'

Wedyn byddai ei dad wastad yn chwerthin fel dewin dwl, yn pwyntio at ei drwyn ei hun, yn ei **WASGU'N FFLAT** a gweiddi, 'HONC HONC!'

Doedd Tunde ddim eisiau taro neb ar y trwyn, yn rhannol am nad oedd e'n hoffi trais ac yn rhannol am nad oedd e eisiau trwbwl. Ond roedd e'n dal i werthfawrogi'r cyngor.

Weithiau byddai'i dad yn trio codi'i galon drwy ddweud jôc ofnadwy. Er enghraifft, pan fyddai Tunde'n drist, byddai Ron yn crafu'i ben, yn rhoi ei ddwylo ym mhocedi'i drowsus, ac yn dweud:

Doctor, Doctor, dwi wedi llyncu neidr!
Sut wyt ti'n teimlo?
Sssssâl …

Roedd gan Ron stôr o jôcs; dyma ddwy o'i ffefrynnau:

Beth yw enw'r dyn llaeth gwaetha yn yr Eidal?
Mario Torripoteli.

Neu:

Beth yw hoff fwyd defaid?
Meeeeenyn!

Doedd Tunde ddim yn meddwl eu bod nhw'n ddoniol iawn, ond hoffai weld Ron yn rhuo chwerthin am ben ei jôcs ei hun.

A dweud y gwir, roedd Tunde'n agos iawn at ei rieni.

Roedd bywyd yn dda, heblaw am Cynan Parri a'i gang o hwligans drewllyd.

Ond weithiau, byddai Tunde'n cofio'i fod wedi'i fabwysiadu. Bryd hynny byddai'r **TEIMLADAU CORDEDDOG**, **hyblyg**, **band-rwber-mewn-meicrodon** yn ei gosi, ac yntau'n gorfod eu gwthio'n ddwfn i gefn ei feddwl.

Ond 'nôl â ni at ben-blwydd Tunde'n ddeuddeg oed, a'r parti oedd ar fin gorffen mewn ffeit gystal ag un o rai Muhammad Ali.

Dechreuodd diwrnod y parti'n braf ac yn heulog, a Mam wrthi **FEL LLADD NADREDD** yn ffrio, pobi, stemio, sleisio, deisio. Fel arfer, roedd hi wedi paratoi **LLAWER GORMOD** o fwyd, ac o adnabod mam Tunde, byddai'r rhan fwyaf ohono'n anfwytadwy.

Roedd Tunde wedi gwahodd ei ffrindiau gorau o'r ysgol i'r parti: Kylie Collins, Jiah Patel a Hef Carter. Dim ond tri gwestai. Gallai'r grŵp i gyd ffitio i mewn i focs sgidiau, gyda thipyn bach o ymdrech.

Roedd Kylie Collins yn cŵl mewn cadair olwyn, ac yn bencampwraig ar drin bwa a saeth. Cwnselydd oedd ei mam oedd yn helpu pobl i wella'u perthynas â'i gilydd, ac roedd Kylie'n hoff iawn o ailadrodd ei geiriau doeth. Er enghraifft:

'Mae'n bwysig siarad am dy deimladau, ond cofia'u DANGOS nhw hefyd!'

Neu:

'Gwallgofrwydd yw gwneud yr un peth drosodd a throsodd gan ddisgwyl canlyniad gwahanol.'

A'r gorau oll:

'Os wyt ti am ymladd, gwna'n siŵr dy fod ti'n gwneud hynny mewn ffordd adeiladol!'

Roedd Jiah Patel yn berson call iawn, ac roedd hi'n meddwl bod y cyngor olaf yna'n HOLLOL HILERIYS.

'Gwych! Felly os ydw i mewn ffeit gyda sombis erchyll, y peth gorau yw gwneud model Lego o Disney World? Mae hwnnw'n adeiladol!'

'Mathletwraig' oedd Jiah. Doedd dim ots ganddi beth oedd unrhyw un yn meddwl amdani … heblaw am ei rhieni. Un gystadleuaeth fawr, waedlyd a ffyrnig, nad oedd gobaith ei hennill, os nad oeddet ti'n ei chanol hi, oedd yr ysgol, yn ôl ei mam a'i thad.

Roedd Jiah yn gwisgo sbectol, wedi darllen bob comic dan haul, weithiau'n siarad gormod, ac roedd ganddi galon fawr, mwy nag unrhyw un arall. Er hynny, roedd Kylie a Tunde bellach yn ddigon hapus i ddweud wrthi i gau ei cheg.

Ac yn olaf, y GWESTAI ANRHYDEDDUS, y Bachgen Mwya Cŵl yn yr Ysgol (ac efallai yn yr holl fydysawd!) ym marn Tunde: Hef Carter!

Roedd Hef mor heini â sgwarnog, y math o sgwarnog sy'n gwneud ymarfer corff dair gwaith y dydd ac yn gwneud ioga bob penwythnos. Newydd ddod i 'nabod ei gilydd oedd y ddau, ond roedden nhw'n ffrindiau agos yn barod. Roedd Tunde wedi gweddïo a gweddïo y byddai Hef yn derbyn y gwahoddiad. Neu, fel arall, fe fyddai'r unig fachgen yn y parti. Byddai hynny'n *erchyll, ofnadwy, dychrynllyd*. Byddai Tunde'n edrych fel FFŴL MWYA'R BYD. Crynodd wrth feddwl am y peth.

Helpodd Tunde ei rieni i roi llwyth o fwyd ar y bwrdd wrth ymyl drws y gegin, ac yna aros yn gyffro i gyd am ei westeion.

Kylie oedd y gyntaf i gyrraedd. Arafodd y tacsi gyda sgrech wrth y giât, ac ar ôl dweud y drefn wrth y gyrrwr am yrru'n rhy gyflym, gwibiodd Kylie i mewn i'r ardd.

'Waw! Tunde, mae dy ardd di'n **ENFAWR!** Mae 'na ddigon o le i ddwy awyren 747 sefyll ochr yn ochr yn yr ardd lysiau 'na, wir i ti!' A gwir y gair. Roedd gan y teulu Wilkinson lawnt sylweddol, perllan coed ffrwythau, a gardd lysiau berffaith. Garddio oedd obsesiwn newydd tad Tunde, a fe oedd yn gyfrifol am yr holl berffeithrwydd.

Dechreuodd yr obsesiwn pan fethodd Ron â chael dyrchafiad yn y gwaith **unwaith eto**. Doedd y penaethiaid ddim yn meddwl bod llysiau ecstra-mawr, ecstra-blasus yn bwysig iawn.

'Dwi ddim yn poeni dim am gael fy anwybyddu unwaith eto,' meddai Ron, er bod y siom yn amlwg ar ei wyneb – a dyna pryd y dechreuodd dreulio llawer o amser yn yr ardd.

Yn ystod y flwyddyn, roedd Ron wedi treulio'i holl amser sbâr yn torri porfa, trimio, strimio, clipio, tocio, plannu, perffeithio, cribinio, hofio, a chompostio.

Cyn hynny roedd yr ardd yn hollol wyllt; byddai fforwyr yr Amazon wedi troi ar eu sodlau wrth y giât. A byddai Tunde'n clywed ei fam yn dweud pethau fel hyn:

'Wel, byddai'n braf cael hongian y dillad ar y lein, ond bydd angen map a *machete* arna i.'

Dro arall byddai'n dweud: 'Ron, dwi'n mynd i'r gwely – a jyst am heno, wna i ddim defnyddio'r grisiau. Fe ddringa i'r pum

deg troedfedd o eiddew sy'n tyfu drwy'r craciau yn y waliau …'

Felly, pan ddechreuodd Ron dwtio'r ardd yn ei ffordd obsesiynol, roedd Ruth yn hapus dros ben. I ddechrau. Ond, cyn hir, dechreuodd yr obsesiwn fynd … ychydig bach dros ben llestri. Dechreuodd Tunde a'i fam groesi'u bysedd y byddai Ron yn cael dyrchafiad yn Y Safle. Wedyn, gyda lwc, byddai'n rhoi'r gorau i dorri'r llwyni gyda siswrn ewinedd.

Nawr, wrth i Kylie **wibio'n llawn cyffro** lan a lawr y llwybrau mwy-na-thaclus oedd wedi'u mapio'n berffaith a gweiddi 'Waw! Oedd gyda dy dad bren mesur enfawr i gynllunio hyn i gyd?' cyrhaeddodd Jiah a Hef, yn anrhegion i gyd.

Er bod y rhan fwyaf o blant deuddeg oed yn dechrau troi cefn ar bethau plentynnaidd fel Siôn Corn a Chwningen y Pasg, roedd Tunde'n dwlu ar anrhegion! Rhwygodd y tâp selo â'i ddannedd, er mwyn cael cip ar y trysorau tu fewn.

Crys chwys Manchester City oedd anrheg Hef iddo. Syllodd Tunde arno'n gegrwth. Lerpwl oedd tîm Tunde – rhaid bod Hef yn gwybod hynny? Roedd y ddau'n trafod pêl-droed drwy'r amser. Ochneidiodd eto, gan drio penderfynu beth i'w ddweud. Petai'n Superman, byddai'r crys yma'n Kryptonite. Doedd ganddo ddim byd i'w ddweud, a safodd yn stond.

Chwarddodd Hef yn uchel. 'Mêt, ti'n dilyn Lerpwl, dwi'n gwybod, ond penderfynes i brynu hwn i ti, er mwyn i ti allu cefnogi tîm go iawn!'

Triodd dynnu'r crys dros ben Tunde. 'Naaaaaa!' gwaeddodd Tunde a cheisio **OSGOI** a *dianc* rhag y dilledyn gwenwynig.

Chwarddodd Hef eto. 'Wyt ti'n rhedeg i ffwrdd wrtha i nawr? Wel, fydd dim angen hwn arnat ti chwaith 'te!'

A chipiodd oren siocled **enfawr** o'r tu ôl i'w gefn. Waw! Roedd Twnde'n dwlu ar orenau siocled, ac roedd hwn yn fwy o faint na'i ben. Wrth gwrs bod Hef wedi dod ag anrhegion mega cŵl. Allai Tunde ddim stopio gwenu.

'Agor fy rhai i nesa,' meddai Jiah yn llawn balchder, gan ollwng anrheg ar y bwrdd. Gwasgodd Tunde'r anrheg a thrio dyfalu beth oedd y tu mewn. Roedd hi'n feddal iawn. O'r diwedd, rhwygodd y pecyn ar agor ar ras – a datgelu sawl pâr o sanau lliwgar. Diflas! Llwyddodd Tunde i wenu – gwên wan dros ben – cyn dweud:

'Diolch, Jiah! Sanau! Maen nhw'n wych!'

Rholiodd Jiah ei llygaid. 'Edrycha'n fanwl!'

Edrychodd Tunde ar y sanau eto, a gweld bod patrwm taclus … symiau … arnyn nhw. Ar y label roedd y gair MATHSANAU.

Roedd Tunde bron â sgrechian. Pam fyddai unrhyw un yn creu'r fath bethau? Dychmygodd ei hun yn tynnu'i sgidiau gyda'r nos, yn edrych i lawr a gweld symiau cymhleth dros ei draed i gyd. Siglodd ei ben er mwyn dileu'r fath hunlle. Yr unig ateb fyddai cuddio'r sanau o dan y gwely tan ddiwedd amser.

'Diolch, maen nhw'n grêt,' meddai, gan groesi'i fysedd.

Gwenodd Jiah.

'Falch dy fod ti'n eu hoffi nhw,' gwenodd.

Whiw! Ochneidiodd Tunde'n dawel bach – roedd yn haeddu o leiaf Oscar neu BAFTA neu oren siocled mawr arall

am actio cystal. Mathsanau? **YCH A FI**.

Yn olaf, rhoddodd Kylie amlen iddo. Ynddi roedd taleb gwerth £20 o'r siop gerddoriaeth.

'Diolch, Kylie,' meddai Tunde, 'mae hwn yn ddefnyddiol dros ben.'

Roedd e'n caru cerddoriaeth. Roedd Hef wedi dechrau dysgu Tunde am Grime, Drill, House, Hip-Hop, Hip-House, Trap-House – unrhyw beth, a dweud y gwir, fyddai'n drysu'i fam a dad.

Syllodd Tunde ar ei grŵp bach o ffrindiau; roedd ei galon yn llawn. Roedd pob un yn arbennig. Diolch byth eu bod nhw wedi darganfod ei gilydd o'r diwedd.

Cyn cwrdd â'r tri, roedd Tunde wedi gwneud ymdrech fawr i wneud ffrindiau yn yr ysgol – ond wedi methu'n llwyr. Doedd e ddim yn perthyn.

Roedd ei drwyn main, pigog, yn ei wneud yn wahanol i'r plant du a brown eraill, ac roedd ei groen tywyll a'i wallt cyrliog yn golygu bod y rhan fwyaf o'r plant gwyn (ac roedd ei ysgol yn llawn ohonyn nhw) ddim eisiau bod yn ei gwmni. Roedd e'n teimlo fel carreg mewn esgid. Yn ddiwerth, yn boen, ac yn anodd cael gwared arni.

Ond yna, flwyddyn yn ôl, daeth tro ar fyd i Tunde. Un bore, dechreuodd e a Kylie biffian chwerthin am ben ffroenau blewog eu hathro (roedd un blewyn yn sticio allan o leia ddwy droedfedd! Roedd Kylie'n dychmygu'r blewyn yn chwipio o gwmpas bob tro roedd e'n tisian!) a chosbwyd y ddau am chwerthin. Allen nhw ddim edrych ar ei gilydd y bore hwnnw, heb ddechrau chwerthin unwaith eto.

Yn ystod amser egwyl, aeth Kylie ag e draw at Jiah (cyn pen dim rhoddodd Jiah ddau gomic iddo, dweud tair jôc a chyhoeddi bod Tunde wedi gwneud pedwar camgymeriad yn ei waith cartref mathemateg) ac o'r foment honno, roedd y ddau'n gefn i'w gilydd, pan oedd pawb arall yn taflu paent, mwd, a bocsys bwyd atyn nhw.

Dyma'r gwir: gall yr ysgol fod yn uffern os ydych chi'n wahanol mewn unrhyw ffordd, ac os ydych chi'n edrych fel Tunde, mae'n waeth fyth. Gallwch ffeindio'ch hun yng nghanol criw o fwlis neu elynion, neu'r ddau ar yr un pryd.

A sôn am fwlis, dewch i gwrdd ag:

ENGHRAIFFT A: Cynan Parri. Un o saith o frodyr– a phob un ohonyn nhw'n sglyfaeth cas. Fyddai neb yn yr ysgol eisiau cwrdd â Cynan Parri mewn stryd gul a thywyll. A dweud y gwir, ysgrifennodd stryd gul a thywyll erthygl unwaith o dan y teitl: *Mae Cynan Parri yn difetha fy enw da i.*

Roedd Cynan wedi penodi'i hun yn arweinydd grŵp blêr, llysnafeddog a drewllyd, sef ei is-lywydd ffyddlon Sanjay Khan, Bili Lewis cas, a Pauly Gore enfawr (enfawr oherwydd ei oedran, wrth gwrs).

Roedd y grŵp yma'n enwog, a) am fod yn ddwl dros ben; a b) am fod yn ffyddlon iawn i Cynan. Roedden nhw'n barod i wneud beth bynnag roedd Cynan yn ei ofyn iddyn nhw, gan gynnwys:

- Neidio dros glogwyn.
- Bwyta'u baw trwyn eu hunain â chyllell a fforc.
- Rholio yn y borfa cyn edrych am faw ci.
- Gollwng plant clyfar ben-i-waered i lawr y toiledau.

- Sticio gwm cnoi yng ngwallt merched.
- Gwneud synau gwlyb, swigog, fel rhech, yn y dosbarth.

Roedd y criw yma'n **hollol hunllefus**. Eu hunig bwrpas mewn bywyd oedd gwneud i Cynan chwerthin nes bod lemonêd yn dod allan o'i drwyn. Ffrwydriad-Ddwbwl-Ffroenol! Ych a fi.

Gan fod Cynan yn gwneud hwyl am ben Tunde bob dydd yn yr ysgol, yn bendant, yn sicr, heb os nac oni bai, fe oedd y person olaf ar yr holl blaned y byddai'n ei wahodd i'w barti pen-blwydd.

A dyna pam y cafodd Tunde syndod mawr o weld Cynan a'i gang yn cyrraedd yr iet ar waelod yr ardd, pan oedd e ar ganol agor ei anrhegion.

Syllodd Tunde, Jiah, Kylie a Hef mewn braw ar yr haid hunllefus yn nesáu ar hen feiciau, fel criw o Hell's Angels tlawd heb feiciau modur go iawn. Ar ôl eiliad o syllu, daeth Tunde i benderfyniad. 'Anwybyddwch nhw,' sibrydodd, 'neu byddan nhw'n difetha'r hwyl i gyd.'

Ond roedd angen dal yn dynn yn Jiah.

'Gad i fi siarad â nhw,' meddai, a gwneud rhyw symudiad kung-fu cymhleth welodd hi mewn ffilm am archarwyr yn teithio'n ôl drwy amser. Doedd hi'n gwybod dim am kung-fu wrth gwrs, doedd hi ddim yn archarwr, ac yn ôl pob tebyg doedd hi erioed wedi teithio'n ôl drwy amser, ond doedd dim ots am hynny.

'Gan bwyll,' meddai Hef. 'Peidiwch edrych arnyn nhw, jyst mwynhau.'

Ond roedd Cynan yn gallu blasu'r ofn oedd yn drwch yn

yr aer. Gwenodd fel hiena'n hela'i ysglyfaeth wrth seiclo'n ôl a 'mlaen, 'mlaen a 'nôl, â'i wyneb cas yn edrych dros y wal a'i ffrindiau'n ei ddilyn yn awchus.

'Hei,' gwaeddodd Cynan. 'Beth yw'r gair am grŵp o gollwyr? Pw, ife? Pw o gollwyr?'

Dechreuodd y criw biffian chwerthin. Chwarddodd Pauly gymaint nes cwympo oddi ar ei feic. Roedd y beic yn llawer rhy fach iddo beth bynnag.

Ymunodd Sanjay yn yr hwyl:

'Na na, na. Rhech o gollwyr, ontefe?'

Chwarddodd y criw dipyn bach, ond doedd y jôc ddim cystal â jôc Cynan. Gweithiodd Bili'n galed i feddwl am y jôc nesa. Bron y gallech glywed y gêrs yn troi yn ei ben, fel hen injan stêm yn dechrau tanio eto.

'Streipen o gollwyr. Fel y streipen yn eich pants erbyn amser gwely!' Ffrwydrodd chwerthin y driw fel bom, gan wneud i Bili deimlo fel brenin am gyfnod byr.

Ochneidiodd Tunde. Roedd hwn yn mynd i fod yn ddiwrnod hir, hir, hir. Daeth Mam ato. 'Beth am wahodd dy ffrindiau eraill i mewn, cariad?' meddai, pan welodd hi Cynan a'i griw. 'Dyw hi ddim yn deg eu gadael nhw mas fan'na ar eu beiciau, a chithe i mewn fan hyn. Mae'r seddi 'na'n edrych yn anghyfforddus. Byddan nhw i gyd yn cael poen yn y pen-ôl, a wedyn byddi di'n teimlo'n euog.' Chwarddodd Kylie a Jiah.

'Mrs Wilkinson, dyw'r ffyliaid 'ma ddim yn ffrindiau i ni o gwbl. A dweud y gwir, maen nhw'n elynion!' meddai Kylie.

Gwgodd Ruth. 'Gair creulon yw gelynion, Kylie. Falle'u bod nhw eisie ymuno yn yr hwyl,' meddai. 'Falle'u bod nhw

eisie bod yn ffrindiau!'

Byddai'n well gan Tunde fod yn ffrindiau gyda byfflo drewllyd, ond yr unig beth ddwedodd e oedd:

'Wir i ti, dy'n nhw ddim.'

Ochneidiodd ei fam. 'O, wel. Gwna dy orau, beth bynnag. Nawr, beth am ddarn bach o gacen? Byddi di'n mwynhau hon, dwi'n siŵr.' Doedd Tunde ddim mor siŵr. Roedd sgiliau coginio'i fam yn waeth na 'gwael'. Fyddai hi byth yn cael clyweliad am *Bake Off*, heb sôn am basio'r wythnos gyntaf. Rhyw ddiwrnod byddai e a'i dad yn gollwng bwyd Mam o'r to er mwyn ei weld yn bownsio.

Brysiodd Ruth i mewn i'r tŷ, a dod 'nôl eiliad yn ddiweddarach gyda'i dad, a chacen fawr goch, aur, gwyrdd a gwyn.

Roedd y gacen ar siâp llyfr, ac adnabu Tunde'r llyfr ar unwaith. *The Real McCoy* oedd ei enw, ac roedd e'n sôn am ddyfeiswyr, anturiaethwyr, gwleidyddion, cerddorion, doctoriaid, athletwyr; a dweud y gwir, roedd e'n llyfr am unrhyw un o'r un lliw croen â Tunde oedd wedi gwneud argraff ar y byd.

Aeth Tunde'n nes at y gacen ac edrych ar y cymeriadau marsipan oedd yn sefyll arni:

- Gymnastwraig orau'r byd, yr un AR-BENN-IG.
- Menywod oedd yn fathemategwyr enwog ac wedi helpu i anfon rocedi i'r gofod.
- Y chwaraewr pêl-droed a helpodd i roi prydau bwyd i blant ysgol.

Ac yna – arhoswch eiliad. Pam oedd y dyn hynod olygus o hoff sioe heddlu Mam yn sefyll ar dop y gacen fel cerflun Rhufeinig?

'Pam mae hwnna ar y gacen?' sibrydodd Ron, cyn i Ruth ateb yn swta, 'Am ei fod e'n lysh … ac yn edrych fel Tunde, dyna pam.'

Ar ganol y gacen roedd bachgen brown â thrwyn hir, pigog a'r geiriau **PEN-BLWYDD HAPUS I'N MAB PRYDFERTH NI** yn ei ymyl.

Torrodd Mam ddarn o gacen. Syllodd Tunde mewn braw ar y cnau, aeron, hadau, betys, toes, hufen, a rhyw fath o jam rhyfedd, gwyrdd yn llifo o'i chanol.

Edrychodd ar ei fam. 'Dwi ddim yn meddwl bod hon yn gacen go iawn, Mam,' meddai. 'Dyw hi ddim wedi pobi'n iawn y tu fewn. Falle'i bod hi'n fyw … mae 'na ddarnau sy'n symud. Dwi'n credu bod rhywbeth yn anadlu mewn yn fan'na!'

Dechreuodd hyd yn oed Ron biffian; ac roedd Hef, Jiah a Kylie wedi gorfod troi'u cefnau, am eu bod nhw'n chwerthin cymaint.

Gwgodd Ruth ar Tunde am eiliad, rhoi'r gacen arbrofol ar y bwrdd, a phwyntio at Ron. Aeth hwnnw'n ôl i mewn i'r tŷ a dod allan mewn chwinciad â phlataid o ddonyts, éclairs siocled a threiffl o'r siop.

Ochneidiodd Ruth. 'Dyw 'mwyd i ddim yn dda iawn, dwi'n gwybod,' meddai, 'ond mae e'n llawn cariad, Tunde, a dyna sy'n bwysig. Ta beth, dwi'n hoff iawn o gacen heb ei choginio. Ond fe gei di fwyta'r cacennau parod, diflas 'na, os

yw hynny'n well 'da ti …'

'Da iawn, Ruth,' meddai Ron gan rwbio'i chefn. 'Mae'n edrych yn bendi-hyfryd,' gwenodd. 'Nawr, dewch 'mlaen, hyfryd bobl – llenwch eich gwydrau papur â sgwash oren a gadewch i ni ddymuno pen-blwydd hapus i'n mab annwyl a'ch ffrind gorau – Tunde!'

Arllwysodd Ron lawer gormod o'r sgwash di-siwgr i'r gwydrau plastig cyn i bawb weiddi, 'Pen-blwydd Hapus i Tunde'.

Yna dyma Ruth yn cyhoeddi ei bod hi a Ron am ddiflannu am awr neu ddwy, 'er mwyn i chi i gyd gael joio'n iawn. Ond os ydyn ni am aros yn ffrindiau – cofiwch y rheolau.'

Roedd rhieni Tunde'n hoff iawn o reolau, er mwyn osgoi i bethau fynd 'dros ben llestri'.

Dyma'u rheolau nhw:

- Tacluso ar ôl gorffen.
- Bod yn barchus.
- Peidio â chreu llanast yn yr ardd. Unwaith eto: peidio â chreu llanast yn yr ardd.
- O wrando ar gerddoriaeth, dylai lefel 6 fod yn fwy na digon.

'Pen-blwydd hapus, Tunde,' meddai Mam. 'A chofia, dydyn ni ddim wedi rhoi dy anrheg arbennig i ti eto! Fe gei di hi pan ddown ni'n ôl o'r siop. Joiwch,' meddai wedyn, mewn acen Americanaidd, wrth i Ron chwerthin yn dawel bach.

Gwyliodd Tunde nhw'n dringo i'r car ac yn gyrru i ffwrdd,

gan godi llaw nes mynd o'r golwg.

Chwarddodd Hef. 'Mêt, dwi ddim yn jocan, ond ddylai dy fam di ddim mynd ar *Bake Off*. DIM BYTH! Roedd rhai o'r ffigurau ar ben y gacen yn hollol wonci!'

Brysiodd Kylie i amddiffyn Tunde. 'C'mon nawr, dim jocan am rieni!' meddai.

Ond dim ond chwerthin wnaeth Tunde, ysgwyd ei ben, edrych ar yr holl fwyd, a gweiddi 'Beth am ddechrau'r parti 'ma 'te?' WWWHWWWW! gwaeddodd pawb. Aeth neb yn agos at y gacen **YMBELYDROL** hadau-cnau-arbrawf-od, ond dechrau gwledda'n farus ar frechdanau tiwna, cyw iâr, ham ac wy, bara pita a hwmws, nygets cyw iâr, pitsa, éclairs siocled a threiffl. Roedd Kylie'n methu credu faint o fwyd oedd ar y bwrdd.

'Tunde! Mae 'na ddigon fan hyn i fwydo Steddfod gyfan, A'R holl ysgol.'

Nodiodd Tunde. Doedd e ddim wedi dweud wrth ei rieni mai dim ond tri pherson oedd yn dod i'r parti. Doedd e ddim eisiau edrych fel collwr.

Llenwodd pawb eu boliau cyn dweud pethau fel, 'Dwi'n methu symud. Ces i un deg pedwar brechdan cyw iâr ac maen nhw i gyd fan hyn o dan fy motwm bol,' neu, 'Allen i fwyta pitsa fel hyn i frecwast, cinio a the, mêt,' a 'Dwi'n gwbod sut mae hyn yn swnio, ond mae'n rhaid i ti drio éclair siocled gyda hwmws a ham ar ben bara pita – bydd e'n newid dy fywyd di, wir!'

Ar ôl iddyn nhw drafod effaith yr holl fwyd melys a sawrus ar eu stumogau, penderfynon nhw chwarae gemau parti.

Gwnaeth Kylie restr ddiddiwedd o'i hoff gêmau. Yn y cyfamser, roedd Hef wedi cysylltu'i ffôn â'r seinydd ac yn chwarae'i *playlist* newydd. Gwnaeth Jiah sioe fawr o dynnu pentwr o bapurau o'i sach gefn. Â'i thrwyn yn yr awyr rhoddodd hi'r pentwr i Tunde.

'Cwis pen-blwydd i ti,' esboniodd.

Aeth Tunde drwy'r ddogfen yn ofalus. 'Jiah, mae 'na dri deg tudalen fan hyn.' Cipedrychodd ar y cwestiynau a gwichian, 'a dwi ddim yn deall gair!' Roedd Jiah wedi llunio llwyth o gwestiynau mathemategol DYCHRYNLLYD O ANODD, gan gynnwys llwyth o symiau, graffiau a hafaliadau i wneud i'ch pen droi, yn ogystal â chwestiynau am amser, gofod, a ffiseg cwantwm.

Cyffyrddodd Tunde'n ysgafn yn ysgwydd Jiah. 'Mae hwn yn mynd ar y tân, ocê?'

Gwaeddodd pawb hwrê, heblaw am Jiah.

'Mae maths yn hwyl!' meddai. 'Os wyt ti'n dda am wneud maths, rhyw ddydd fe fyddi di'n rhedeg y wlad, meddai Mam.'

Dechreuodd Kylie ddynwared rhywun yn chwydu. Doedd Hef ddim yn gwrando. Roedd e'n rhy brysur yn sefyll ar ei ddwylo ac yn bownsio pêl-droed ar ei draed.

'Sori, Jiah,' meddai Tunde, 'ond does neb yn moyn gwneud maths mewn parti!'

'O wel. Be hoffech chi wneud, 'te?' holodd Jiah.

Fflipiodd Hef dros ei ben, glanio ar ei draed a dweud, 'Gadewch hyn i fi,' a dechreuodd y gemau.

Y gêm gyntaf oedd ras tair-coes-un-goes-a-dwy-olwyn: Tunde a Hef yn erbyn Kylie a Jiah. Roedd Hef yn siŵr bod y ddwy arall yn twyllo: roedd Jiah wedi neidio ar gadair Kylie cyn gwibio dros y llinell a gweiddi, 'Ni yw'r gorau! C'mon, dau allan o dri!'

Yna cafodd Hef, Jiah a Tunde ras gerdded ar eu dwylo wrth i Kylie esgus bod yn sylwebydd ar y teledu:

'Croeso i'r ras ddwylo gynta yn Stadiwm Wilkinson. Mae Carter, Patel a Wilkinson yn brwydro yn erbyn ei gilydd. Mae'r dorf yn gweiddi wrth i Wilkinson ddod i'r blaen! Ond, diar mi, dyma Carter yn cyflymu, yn union fel petai'n cerdded ar ei draed! Arhoswch! Dyma Wilkinson yn dod ar ras o rywle a … nefi blw!'

Wrth gwrs, ar y foment honno rhoddodd Jiah ei llaw ar afal drwg a sgrechian mewn panig, 'Baw ci, baw ci! Dwi eisie hylif hudol NAWR!'

Trawodd yn erbyn Tunde a Hef, a dyma'r tri'n disgyn i ganol pentwr o gompost. Chwarddodd Kylie nerth ei phen.

'Mae hyn yn anhygoel! Dyma Wilkinson a Carter yn blastr o sbwriel: mae'n **PW-CHINEB!** Iesgob annwyl!'

Ond yna, yng nghanol yr hwyl, newidiodd popeth.

Roedd pawb wedi llwyddo i anghofio am y pedwar llabwst oedd yn eu gwylio o iet yr ardd. Ond yn sydyn, dyma nhw i gyd yn dringo dros y wal, fel Llychlynwyr yn ymosod: Cynan Parri, Sanjay, Bili a Pauly. Roedd Cynan yn crechwenu'n gas.

'Parti neis. Pam wnest ti ddim ein gwahodd ni, 'te, Pigog? Ni ddim yn ddigon da i ti?'

Aeth y bechgyn eraill yn syth at y bwrdd a llenwi'u dyrnau â chacen, gollwng losin i'w pocedi ac yfed sgwash o'r jwg. Cymerodd Pauly lwnc mawr o'r ddiod, troelli'r hylif o gwmpas ei geg, a phoeri'r sgwash yn ôl i'r jwg. ''Na ecstra blas i chi!' gwawdiodd, gan wneud i'w ffrindiau chwerthin.

Roedd Hef wedi cael digon. 'Cynan, dwyt ti ddim i fod fan hyn, mêt. Dyw dy enw di ddim ar y rhestr westeion. Cer i grafu.'

Camodd Cynan yn ei flaen, y gang o'i gwmpas fel wal amddiffynnol.

'Dwi'n mynd ble bynnag dwi eisie, Hef. Ti ddim yn dad i fi!' Edrychodd Tunde o gwmpas am ei rieni ond, wrth gwrs, doedden nhw ddim yno.

Agorodd Jiah ei cheg, yn ddewr. 'Na, ond fe welson ni dy dad di yn y mabolgampau, Cynan. Dylet ti ddweud wrtho, "Nid fel'na mae rhoi dŵr i'r rhosys!"'

Chwarddodd Hef a Kylie, braidd yn nerfus. Plethodd Jiah

ei breichiau. Rhygnodd Cynan ei ddannedd. Doedd e ddim yn gyfarwydd â gweld collwyr yn ateb 'nôl, ac roedd ei waed yn rhuo drwy'i gorff. Roedd e'n barod am frwydr.

Anadlodd Tunde'n ddwfn cyn clywed ei hun yn dweud, 'Mae'n bryd i ti adael nawr – felly, cer!'

Rhewodd ei galon. Allai Tunde ddim credu'i glustiau. Pam oedd e wedi dweud y fath beth? Oedd e'n … ddewrach?

Yfodd Cynan sgwash nes bod y ddiod yn dod allan o'i drwyn, yna trodd at Tunde, â gwên gas fel gwên hiena'n lledu ar draws ei wyneb.

'Pwy wyt ti'n meddwl wyt ti, Pigog? Brenin y wlad? Does dim ots os dwi heb gael gwahoddiad bach crap i dy barti di. Does dim angen dy ganiatâd crap di arna i i fynd i unman!'

'Gwahodd fy ffrindiau wnes i. Dim ti,' atebodd Tunde.

Torrodd Sanjay ar ei draws. 'Ha! Dim parti yw hwn, dim ond pedwar collwr bach **diflas** yn stwffio'u hwynebau **diflas** â chacen a pitsa. Tria eto, Pigoglys!'

Gwibiodd Kylie tuag atyn nhw, a'i hwyneb yn goch fel tân. Chwifiodd ei ffôn uwch ei phen. 'Ewch nawr, neu fe alwa i rieni Tunde.'

Chwarddodd Gore, a gwthio'r ffon reoli ar y gadair olwyn, nes bod Kylie'n saethu'n ôl tuag at berth enfawr, daclus. Rhuthrodd Hef ar ei hôl, ond roedd Kylie wedi llwyddo i stopio'i chadair cyn iddi gael ei llyncu'n gyfan gwbl gan y dail a'r brigau.

'Dyna DDIGON!' gwaeddodd Tunde. 'D'ych chi DDIM yn mynd i'n bwlio ni DDIM MWY.'

Gwnaeth Cynan wyneb hyll. 'Anghywir, Pigog-sawrws!'

Cliciodd ei fysedd, ac aeth Sanjay a Bili at y bwrdd a'i ddymchwel. Dechreuodd Bili ddawnsio yng nghanol gweddillion y gacen, a'u gwasgu i mewn i'r borfa.

Arllwysodd Sanjay ddwy jwg sbâr o sgwash dros y llwybr. Cydiodd Pauly yn Hef a'i daro yn ei wyneb (ystyriodd Tunde helpu, ond roedd gweld y gwaed yn ormod o sioc).

Sgrechiodd Jiah ac estyn am Bili oedd yn helpu Pauly â'i

ddyrnau. Erbyn hyn, roedd Kylie bron â drysu. Er cymaint roedd hi eisiau helpu'i ffrindiau, roedd hi'n sownd yn y berth ac yn dechrau tyfu gwreiddiau.

'Aros eiliad,' meddai Cynan, a'i lygaid yn disgleirio. 'Beth yw hwnna?'

Camodd tuag at rywbeth oedd yn edrych yn debyg iawn i feic wedi'i lapio mewn papur pen-blwydd (a dweud y gwir, dyna'n union beth oedd e) yn pwyso'n erbyn wal y tŷ. Rasiodd Tunde ar ei ôl, a'i galon yn curo'n frwd. Dyna oedd ei anrheg arbennig gan Mam a Dad.

'Aros, gad lonydd i hwnna.' Roedd ei lais yn swnio'n gryg, yn ofnus. Pam heddiw?

Ond roedd Cynan yn ei wawdio ac yn rhwygo'r papur lapio. 'Wwww, ife dyma dy anrheg **fawr, bwysig** di? Fi'n gwbod: wna i ei hagor hi i ti. Dwi'n siŵr bod hi'n crap!'

Safodd y criw'n fud gan wylio Cynan yn rhwygo'r papur llachar nes datgelu'r beic oedd yn cuddio y tu fewn. Er mai beic ail-law oedd e, ar ôl ei drwsio, roedd e **bron fel newydd**. Cafodd gôt newydd o baent glas a theiars, sedd, a goleuadau newydd.

'Waw, mae hwn yn ffab, Pen-pigog … yn well na f'un i. Chi'n gwbod be, fechgyn? Wnaiff hwn y tro i fi,' a dechreuodd Cynan wthio'r beic tua'r iet.

Nawr, mae yna ambell adeg yn ein bywydau pan fyddwn ni'n cael llond bol. 'Trobwynt' yw'r enw am hyn. Neu, yn ôl yr athro dosbarth, 'pennog â phwn sy'n torri asgwrn cefn ceffyl'. (Doedd Tunde erioed wedi deall ystyr y dywediad yn iawn. Beth oedd pennog? A phwn? Ceffyl pwy oedd e?

Roedd ganddo **gymaint** o gwestiynau.)

Beth bynnag, dyma'r foment y cyrhaeddodd Tunde'i drobwynt. Roedd e wedi cael llond bol ar Parri. Edrychodd ar ei ffrindiau. Roedd Jiah yn ceisio peidio â chrio. Roedd Hef yn edrych i'r awyr i geisio stopio'i drwyn rhag gwaedu. Roedd Kylie'n gweiddi ei bod am ffonio'r heddlu NAWR!

Crynodd Tunde mewn tymer. Roedd ei barti wedi'i ddifetha'n llwyr. Aeth ei lais yn od ac yn grac. 'Rho 'meic i'n ôl a cer o 'ma.'

Chymerodd Cynan ddim sylw o'r llais a thaflodd y beic dros y wal. Crasiodd anrheg arbennig Tunde yn erbyn y beiciau eraill wrth gwympo ar ei ben i'r lôn, gan edrych fel carw ben-i-waered.

Ciciodd Tunde'r goeden afalau a safai wrth y wal, a rhoi sgrech danbaid. (Yn ddiweddarach, disgrifiodd Hef, Jiah a Kylie y **sgrech** fel un ryfedd iawn, y sgrech ryfeddaf glywson nhw erioed.)

Trodd Cynan ato'n syn a chwerthin. 'Pam wyt ti'n **gwichian**, fabi bach? Dim ond beic ail-law yw e. Dylai dy rieni fod wedi gweithio'n galetach er mwyn gallu fforddio un newydd.'

Ond doedd Tunde ddim yn talu sylw i Cynan erbyn hyn. Roedd e wedi gweld rhywbeth arall.

Roedd pioden wedi glanio ar gangen y goeden afalau gerllaw, ac yn syllu i fyw llygaid Tunde. Syllodd yntau'n ôl arni, â dagrau'n llifo i lawr ei fochau. 'Dewch,' gwaeddodd Cynan. 'Bant â ni, mae'r parti 'ma'n hollol rybish!' A neidiodd e a'i ffrindiau dros y wal, gan chwerthin.

Yr ochr draw i'r wal, cydiodd Cynan ym meic Tunde. Gyda gwên afiach, dyma fe'n gweiddi, 'Dwed hwyl fawr wrth dy feic pen-blwydd, Pigog!'

Ond doedd Tunde ddim yn gwrando – roedd rhagor o biod yn nesáu!

Bellach, roedd yna dair pioden, deuddeg, yna naw deg chwech. Cyn hir roedd y goeden yn sigo dan bwysau'r haid anystywallt o biod gwyllt.

Roedd yna gannoedd ohonyn nhw.

'Dwi ddim yn hoffi hyn,' meddai Hef, gan wylio'r adar. 'Tunde, mae adar yn frawychus o glyfar, mêt. Dwi'n mynd i mewn i'r tŷ. Beth am i ni redeg, ie?'

Dihangodd Kylie, Jiah a Hef ar ras i'r tŷ, a'u llygaid yn fawr ac yn ofnus. Rywsut, doedd dim ofn o gwbl ar Tunde. Ond, roedd e'n emosiynol; yn emosiynol iawn, iawn.

'Dwi'n CASÁU'R hen gang 'na!' sgrechiodd.

Ar amrantiad, cododd y piod i'r awyr mewn ffrwydriad o bigau, crafangau, a phlu, fel petaen nhw wedi bod yn aros am arwydd.

Doedd Cynan a'i griw ddim wedi sylwi ar yr haid enfawr o biod. Roedden nhw'n gwthio'u beiciau'n ara' bach i lawr y stryd yn grechwenus..

Roedd Pauly'n brolio, Bili'n swagro a Sanjay'n chwerthin, wrth i Cynan chwilio am olion crafiadau ar anrheg arbennig Tunde.

'Dyw'r beic 'ma ddim yn ddrwg, chi'n gwbod. Y diwrnod cynta 'nôl yn yr ysgol, pan fydda i'n seiclo i mewn ar hwn – bydd Trwyn-Pigog yn gwylltio go iawn. Welsoch chi fe'n crio?'

Dechreuodd ddynwared Tunde'n crio. ''Y meic iiiiiii yw hwnna, waaaa waaaa waaaaaa! Gad 'y meic i fod, bla bla bla! Fi moyn Mami! Wir? O'n i'n meddwl bydde fe'n cael damwain yn ei napi!'

Chwarddodd y gang fel arfer.

Ond yna, yn raddol, peidiodd y chwerthin wrth i'r tri arall droi eu cefnau ar Cynan.

Edrychodd hwnnw ar ei ffrindiau mewn penbleth; roedden

nhw fel arfer yn gwrando ar bob gair ddôi allan o'i geg. Ond nawr roedd pawb yn edrych i'r awyr, felly gwnaeth ynatu'r un peth.

'B-beth yw hwnna?' ebychodd.

A chydag un CLANG swnllyd, gollyngodd y beic a dianc i lawr y stryd, a'r tri arall yn ei ddilyn mewn dychryn llwyr.

Doedd dim rhyfedd eu bod nhw'n ofnus; roedd cwmwl ffyrnig o biod yn eu dilyn ar ras wyllt. Ymhen eiliadau roedd yr adar wedi disgyn ar y criw, gan sgrechian, gwichian, galw, a ffraeo dros ba fachgen i'w bigo gyntaf. Roedd sgrechfeydd Cynan, Pauly, Bili a Sanjay i'w clywed yr holl ffordd 'nôl yn nhŷ Tunde.

Drwy lwc, ar yr union eiliad honno, stopiodd bws yn eu hymyl. Â'u pennau'n cuddio yn eu hwdis, rhedodd y criw tuag ato. 'Ca'r drws NAWR!' gwaeddodd Cynan ar y gyrrwr. 'Cer, cer, cer, cer, cer!'

Bron iawn i'r gyrrwr golli rheolaeth ar y bws pan welodd yr haid o biod yn TARANU tuag ato. Gwasgodd ei droed ar y pedal wrth i'r bws wibio yn ei flaen.

Tu mewn i'r bws, roedd hi'n bandemoniwm llwyr. Syllodd y teithwyr eraill yn syn ar y bechgyn yn rhedeg lan a lawr fel twrcïod heb bennau. Caeon nhw'r ffenestri'n sydyn wrth i'r piod grafu ar y gwydr. O'r diwedd, llwyddodd Cynan i gau'r ffenest olaf un, gan hyrddio dau neu dri aderyn yn glec i'r hewl. THWMP! BWMP! CA-WMP!

Hedfanodd yr adar syfrdan i ffwrdd ar unwaith, yn berffaith iach. Eisteddodd Cynan i lawr, yn ymladd am ei anadl, a gwnaeth Bili, Pauly a Sanjay'r un fath, â'u llygaid fel soseri.

Dechreuodd pob un asesu eu hanafiadau. Roedd gan Pauly nifer o farciau coch dros ei ben a'i ddwylo. Roedd breichiau Sanjay'n grafiadau i gyd. Roedd clust Bili'n gwaedu. Ac roedd gan Cynan nifer o friwiau ar ei freichiau, ei ysgwyddau, a'i wddf. Eisteddai'n dawel, yn ceisio dyfalu beth oedd wedi digwydd.

'Roedd hynna'n erchyll,' sibrydodd, 'fel ffilm arswyd.'

'Oedd,' meddai Pauly, gan sychu'r chwys oddi ar ei wyneb. 'O'n i'n meddwl ei bod hi ar ben arnon ni! Ni'n lwcus i fod yn fyw.'

'Paid â bod yn dwpsyn dramatig,' meddai Sanjay.

Roedd Bili'n brysur yn trio stopio'i hun rhag crio.

Pe bai un o'r criw wedi edrych drwy ffenest y bws, bydden nhw wedi gweld Tunde'n casglu'i feic newydd ac yn ei wthio'n ôl at y tŷ. Bydden nhw hefyd wedi'i weld yn stopio a syllu'n ddryslyd ar yr adar uwchben. A bydden nhw wedi gweld y cwmwl o biod yn ffrwydro, a gwasgaru i bob cyfeiriad.

②

YR ARWYDD YN YR AWYR

Nid dyma'r tro cyntaf i Tunde gael ei achub gan greaduriaid adeiniog. Er enghraifft, yn yr ysgol gynradd, roedd e bron â marw eisiau gwneud ffrindiau gydag … gydag unrhyw un, a dweud y gwir. Roedd e eisiau rhedeg o gwmpas, neidio mewn pyllau dŵr, a chwympo o'r ffrâm ddringo hynod beryglus ar iard yr ysgol. Ond roedd Tunde'n edrych yn wahanol a doedd ei gyd-ddisgyblion ddim yn hoffi hynny (rhai ohonyn nhw, beth bynnag). Roedden nhw'n dweud pethau fel hyn:

Mae Tunde'n sobor o frown, ond yw e?
Ac mae ei wallt yn rhy gyrliog.

Roedd rhai o'i gyd-ddisgyblion hyd yn oed fwy haerllug.

Tunde, rwyt ti'n rhy hyblyg, fel rwber.
Mae gen ti frechdanau rhyfedd.
Be sy'n bod ar dy drwyn di, eniwê?

Gan eu bod nhw'n ifanc iawn a heb lawer o brofiad bywyd,

roedden nhw'n osgoi Tunde. Roedd ar ei ben ei hun gymaint, roedd wedi dechrau dod i arfer â hynny.

Wrth i'r tymor ysgol ddirwyn yn ei flaen yn araf, dechreuodd Tunde amau y byddai ar ei ben ei hun am weddill ei fywyd. Neb i siarad na chwarae â nhw, neu hyd yn oed rannu paced o greision. Roedd e'n **caru** creision, fel pawb arall yn yr ysgol.

Un Calan Gaeaf, gofynnodd Tunde am wisg wedi'i gwneud o bacedi creision halen a finegr. Aeth allan i gasglu losin ac erbyn iddo gyrraedd y gornel, roedd ei wisg wedi cael ei **BWYTA** gan blant lleol fyddai byth yn talu sylw iddo fel arfer. Y noson honno ar ôl dod adref, ysgrifennodd Tunde restr o'r enw Sut i Wneud Ffrindiau:

1. Gofyn i Mam am wisg ysgol newydd, wedi'i gwneud o fwyd blasus.

Er bod y rhestr yn hynod fer, roedd Tunde'n siŵr y byddai'n gweithio …

Ond allai e ddim perswadio Mam i wneud y wisg. Felly, dyna ni! Roedd Tunde'n mynd i fod yn unig a diflas yn yr ysgol tan ddiwedd ei oes.

Ac yna, un diwrnod, daeth Jac Williams ato (doedd Jac byth yn siarad ag e fel arfer) a rhoi amlen iddo. Yn yr amlen roedd gwahoddiad i barti. Am syrpréis enfawr – fel gweld jiráff yn sglefrolio! Doedd Tunde bron byth yn cael gwahoddiad i unman.

Gwgodd Jac, gan syllu'n ddiflas ar ei draed a mwmian:

'Mae'n rhaid i ti ddod. I 'mharti pen-blwydd i. Bydd 'na gemau, cacennau a phob math o bethe.'

Yna trodd Jac a stompio i ffwrdd, yn edrych fel Mistar Pwdlyd o Dref Bwdlyd.

Doedd dim ots gan Tunde fod natur y gwahoddiad yn ddigon rhyfedd. Roedd yn rhy brysur yn teimlo'n hapus. Roedd ganddo wahoddiad i barti! HWRÊÊÊ!

O'r diwedd, daeth y diwrnod mawr. Roedd y parti'n cael ei gynnal ym Mharc Antur Coedlin. Roedd y parc yn enwog am hwyl, gemau, go-cartiau, laserau, a gormod o bop a chreision. Ar y ffordd yno, teimlai Tunde'n nerfus. Fyddai e'n gweld eisiau'i rieni? Fyddai e'n teimlo'n unig? Fyddai unrhyw un yn siarad ag e? Ond yr eiliad y cyrhaeddodd y parc, anghofiodd am ei nerfusrwydd. Yn lle bod yn ŵyn bach addfwyn, roedd yr holl ddosbarth wedi troi'n fleiddiaid gwyllt! Rhedai pawb o gwmpas, yn gweiddi a sgrechian llawer gormod, o ystyried mor gynnar oedd hi. Roedd y rhan fwyaf yn fochgoch ac yn chwysu, a phawb yn gorwedd ar y llawr ar ôl pob gêm, er mwyn cael eu gwynt atyn nhw ar ôl yr holl HWYL A SBRI!

Clywai Tunde'r plant eraill yn siarad â'i gilydd fel hyn:

'Oedd dy wahoddiad di'n dweud "gemau, cacen a brechdanau"?'

'Oedd, beth am d'un di?'

'Oedd, mêt. Dwi'n caru gemau.'

'Dwi'n caru cacennau. A brechdanau … maen nhw'n ocê.'

'Wna i fwyta dy rai di os nad wyt ti eisie nhw.'

Wedyn byddai ei gyd-ddisgyblion yn rhedeg i ffwrdd er

mwyn difetha rhyw ddarn o offer chwarae newydd. Cafodd Tunde'r bore gorau erioed! Chwaraeon nhw **TAG TRYDANOL** a **CUDDIO RHWNG Y SÊR**. Mentron nhw ar **ANTUR LASER LLEUCU** a'r **HELFA SOMBIS-EIRA**, a hynny ddim ond yn ystod yr hanner awr gyntaf. O'r diwedd, roedd Tunde'n mwynhau'i hun gyda phlant eraill – yn cynnwys Jac, hyd yn oed. Gwnaeth e i hwnnw chwerthin sawl gwaith, er bod Jac yn gwenu'n slei bach bob tro roedd Tunde'n cael ei daro gan laser neu'i frathu gan sombi-eira.

Roedd Mr a Mrs Williams yn eistedd yn y Ganolfan Rieni ac yn cael paned o de gyda'r rhieni eraill, yn barod i ddelio â'r problemau oedd yn debyg o godi ar ôl cymaint o redeg, neidio, troelli, laserau, a llofruddiaethau-yn-y-gofod.

Os oedd unrhyw blentyn yn teimlo'n sâl, angen cael pigiad tetanws, neu gael ei lapio mewn bandais, roedd yr oedolion wrth law yn syth. Doedd y staff ddim yn talu llawer o sylw i'r plant. Os oedd plentyn yn cael ei anafu, prin y bydden nhw'n stopio syllu ar eu ffonau er mwyn galw ambiwlans.

O'r diwedd roedd hi'n amser cinio, ac eisteddodd y plant o gwmpas y bwrdd i fwyta'r bwyd: **TWR** o frechdanau a chacen, gyda galwyn a hanner o bop i ddilyn (ac, yn bendant, doedd dim unrhyw gynhwysion naturiol yn hwnnw). **Mmmm, blasus!**

Wrth i Tunde eistedd i lawr, brysiodd Mrs Williams draw a llwytho'i blât â hyd yn oed mwy o frechdanau. Llenwodd Mr Williams ei gwpan â phop pefriog. Roedd Tunde'n hapus, er bod digon o fwyd ar ei blât i ddychryn yr Hulk, hyd yn oed. 'Hulk ddim eisiau rhagor ...'

Wedyn, dechreuon nhw ofyn cwestiynau.

'Tunde ... enw Affricanaidd yw hwnna, ife?' holodd Mrs Williams.

Yfodd Tunde'i ddiod yn **SWNLLYB**, gan feddwl am eiliad cyn ateb, 'Enw o Nigeria – mae Tunde'n golygu 'wedi dod adre' yn yr iaith Yoruba. Pan fabwysiadodd Mam a Dad fi, edrychon nhw arna i a phenderfynu bod yr enw'n fy siwtio.'

Nodiodd Mr Williams yn frwdfrydig. 'Felly, Nigeria, 'te? Wyt ti'n rhedwr? Mae pobl o Nigeria a llefydd felly'n dda am redeg ...'

Doedd gan Tunde ddim syniad pam oedd y ddau'n ei gwestiynu fel hyn – roedd ganddo fynydd o frechdanau i'w bwyta, a doedden nhw ddim yn mynd i ddiflannu heb ymdrech. Ond roedd e'n fachgen cwrtais, felly gwnaeth ei orau glas i ateb yn gwrtais.

'Ydyn, maen nhw'n gyflym,' meddai, 'ond mae pobl o Jamaica'n gyflymach!'

Roedd Tunde a'i fam a'i dad wedi gwylio athletwr o'r enw Usain Bolt yn rhedeg ras 100 metr. Roedd e mor gyflym, gallai fod wedi rhedeg y ras ddwywaith a thorri'i wallt cyn i'r lleill orffen.

Ond roedd Mrs Williams eisiau gwybod mwy am Tunde – ac yn gofyn cwestiynau busneslyd iawn.

'A dy fam a dy dad, Mr a Mrs Wilkinson – sut maen nhw? Fe gawson nhw drafferth gyda'u tŷ bach, os ydw i'n cofio'n iawn.'

Nodiodd Tunde. Roedd 'Trafferth y Tŷ Bach' yn enwog iawn ar eu stryd nhw.

Roedd eu tŷ nhw'n hen iawn, ac un diwrnod gwlyb iawn yn yr haf, gorlifodd y tŷ bach ac aeth y cynnwys ar hyd y stryd. Yn y diwedd cliriwyd y llanast a diflannodd yr arogl gwael, ond cafodd y tŷ ei alw'n 'Tŷ Pw' am yn hir. Dyna reswm arall pam roedd Tunde'n cael trafferth gwneud ffrindiau yn yr ysgol.

Roedd yr holl beth yn **annifyr iawn**. Yn union fel y cyfweliad hwn gyda rhieni Jac. Edrychodd Tunde'n hiraethus ar ei fynydd o frechdanau, ond roedd e'n amau bod Mr a Mrs Williams ar fin gofyn hyd yn oed mwy o gwestiynau.

Ond cyn iddyn nhw allu gwneud hynny, daeth Jac i'w achub. Ie! Jac Williams, o bawb yn y byd.

'Mam, Dad, gadewch lonydd iddo fe! Mae'n dod i chwarae gyda ni nawr. Stopiwch fusnesu!'

A dyna ni – roedd Tunde'n rhydd. Gwenodd ar Jac, codi ambell frechdan, a rhedeg i'r neuadd ddrychau. Yno, roedd trwynau pawb yn edrych yn fawr ac yn rhyfedd … nid yn unig ei drwyn e.

Am unwaith, roedd Tunde'n teimlo'n union fel pawb arall.

Doedd e ddim yn gweld eisiau Mam a Dad o gwbl. Ond yna, yn ystod y prynhawn, digwyddodd rhywbeth erchyll.

Roedd pawb yn eistedd wrth y byrddau pren y tu allan. Winciai'r haul ym mhob twll a chornel, gan sleifio rhwng cysgodion y coed a thros y llwyni.

Cerddodd Jac tuag at Tunde. Roedd e'n chwyslyd iawn ac roedd ei wallt brwnt, melyn yn glynu wrth ei dalcen. Roedd yn dal potel litr o bop oren yn un llaw a hufen iâ siocled yn y llall. Gwych. Edrychodd ar Tunde a dweud beth oedd ar ei feddwl.

'Ti'n joio?' gofynnodd.

'Ydw, mae'n wych!' atebodd Tunde.

'Dwi'n gwbod,' broliodd Jac. 'Mae 'mhen-blwydd i bob amser yn mega.' Yfodd ei ddiod, codi gwynt a sychu'i geg â chefn ei law.. 'Mam a Dad oedd eisie dy wahodd di, ti'n gweld. Nid fi,' meddai Jac yn llon. 'Wel, dy'n ni byth yn siarad â'n gilydd yn yr ysgol, ydyn ni? Ond dwedodd Mam a Dad y dylwn i roi gwahoddiad i ti – achos doedden nhw erioed wedi dy weld di mewn partïon eraill a …'

Trodd Jac i edrych ar ei fam, oedd yn codi llaw arno o bell. Roedd hi'n amser chwarae'r gêm piñata. Anwybyddodd ei fam er mwyn gorffen esbonio i Tunde pam y cafodd e wahoddiad.

'Ie, o'n nhw'n teimlo trueni drosot ti. Ta beth, dylet ti–' ond cyn iddo allu orffen dweud 'frysio i orffen dy fwyd, mae Dad wedi gwneud model o'r cyn-lywydd oren a 'dyn ni i gyd yn mynd i'w daro fe gyda ffyn nes i'r losin i gyd gwympo allan!'– roedd Tunde wedi codi a cherdded i ffwrdd. Casglodd ei gôt a gadael heb ddweud wrth neb. Roedd yn amser mynd adref. Fyddai neb yn gweld ei golli. Doedden nhw ddim eisiau'i gwmni, ta beth.

YMLWYBRODD Tunde i lawr y dreif, allan drwy'r giât a cherdded i ffwrdd ar hyd y ffordd fawr. Gyda phob cam, dechreuodd deimlo'n well. Roedd yr awel mor hyfryd a sŵn yr adar yn hedfan uwchben. Ond wrth iddo gerdded yn

bellach fyth, dechreuodd amau'i fod ar goll.

Erbyn cyrraedd y bont dros y draffordd, doedd ganddo ddim syniad i ble'r oedd e'n mynd. Dechreuodd Tunde grio. Efallai'i fod e wedi digio'n rhy gyflym wrth Jac Williams. Dylai fod wedi codi'i ysgwyddau a chymryd dim sylw. Nawr roedd e ar ei ben ei hun, ar goll, ac yn teimlo'n eithaf ofnus.

Roedd Tunde wedi bod am dro o'r blaen ac wedi llwyddo i gyrraedd adref heb drafferth. Ond nawr ar ôl cerdded am o leiaf awr, doedd dim sôn am ei stryd. Doedd e ddim yn adnabod neb na dim byd. Doedd dim sôn am y goeden dderwen fawr â hollt lawr y canol, dim seren lachar y Dwyrain, dim dafad â dau ben, dim byd o gwbl.

Cerddodd yn ei flaen, yn sibrwd, 'Twpsyn, twpsyn. Nawr wnei di byth gyrraedd adre.' Yna criodd hyd yn oed fwy, a theimlo'n druenus dros ben.

Roedd cerddwyr â pholion sgio'n crwydro drwy'r coed gerllaw. Bob hyn a hyn roedden nhw'n stopio i dynnu lluniau o goed a gwenyn ac adar a baw cwningen diddorol. 'Cariad, edrych, mae 'na un fan hyn sy'r un siâp ag injan dân!'

Cadwodd Tunde draw – roedd e'n teimlo'n fwy ar goll bob eiliad.

Yna clywodd sŵn. Sŵn TARANLLYD haid o adar yn gwau drwy'r awyr – drudwyod a gwenoliaid o bob math yn codi a disgyn wrth hedfan mewn cylchoedd i ddenu sylw. Edrychodd Tunde arnyn nhw a dweud, 'Stopiwch gwyno – nid chi sydd ar goll. Gallwch chi weld fy nhŷ i o'r awyr.'

Cerddodd yn ei flaen a chroesi pont draffordd arall, yn

chwilio a chwilio am unrhyw beth fyddai'n ei arwain adref.

Dechreuodd yr awyr dywyllu'n dywyllach nag unrhyw dywyllwch roedd e erioed wedi'i weld … ac yna:

Dechreuodd diferion glaw ANFERTH fel ceir Volkswagen ddisgyn a'i wlychu at ei groen. Nawr roedd e'n drist, ar goll, yn unig, ac yn wlyb.

Cododd Tunde'i wyneb i'r awyr a gweiddi: 'Dwi eisie mynd adre!'

Ac yna, digwyddodd rhywbeth.

Yn yr awyr, gwelodd filoedd o adar yn troi, troelli a phlymio. Yna ffurfion nhw siâp saeth fawr, clir fel ysgrifen gain ar bapur … a phwyntio tua'r gogledd-orllewin.

Ychydig gannoedd o fetrau i ffwrdd, anghofiodd y cerddwyr am eu lluniau o faw cwningen, a phwyntio'u camerâu'n frwd tua'r awyr, a thynnu un llun ar ôl y llall o'r heidiau adar ymdroellog, chwyrlïog, gan ddychmygu gweld rheini ar dudalen flaen y papur lleol.

O dan y siâp saeth yn yr awyr, chwarddodd Tunde'n llawen. Roedd yr adar yn dangos y ffordd adref iddo! Dechreuodd redeg i gyfeiriad y saeth, dros briffyrdd, drwy erddi cefn, gan neidio dros ffensys, dros rychau llysiau, i lawr hewlydd cul, o dan ddillad yn sychu, dros bentyrrau o gompost, drwy gestyll chwarae, heibio ambell farbeciw, nes, o'r diwedd, yn rhyfeddol, daeth at hen dŷ a gardd fawr gyfarwydd ar ffiniau'r pentref.

Ei gartref.

Roedd ei drowsus yn frwnt, yn llanast, a hyd yn oed wedi rhwygo fan hyn a fan draw, ac roedd Tunde'i hun braidd yn

fwdlyd a drewllyd, ond roedd e wedi cyrraedd adre'n saff.

Edrychodd ar y saeth bluog uwchben a gweiddi, 'DIOLCH!' **GWASGARODD** yr adar ar unwaith, a hedfan 'nôl i'w nythod.

Rhedodd i lawr y stryd, drwy'r iet ac ar hyd llwybr yr ardd. Agorodd y drws ffrynt yn gyflym ac yno safai Ron, wedi dychryn yn llwyr.

'Ble ar y ddaear wyt ti 'di bod, Tunde? Mae mam Jac Williams newydd fod ar y ffôn, yn sgrechian nerth ei phen.'

Ac yna daeth Ruth i sefyll wrth ei ochr – Ruth oedd fel arfer mor dawel a rhesymol. Nawr roedd hi'n gwrido, yn llawn dagrau, ac yn gwasgu hances wlyb yn un llaw. Roedd hi wedi bod yn poeni'n arw. Sylweddolodd Tunde hynny ar unwaith, wrth i Ruth weiddi:

'DWI 'DI BOD YN POENI'N ARW! Ble fuest ti, Tunde? Rwyt ti wedi bod ar goll ers oriau. Gallai eirth fod wedi dy fwyta di, neu wartheg, neu'r creaduriaid llwyd 'na â'r cynffonnau ... maen nhw'n bwyta cnau. Ron, beth yw eu henwau nhw?'

Meddyliodd Ron am eiliad a dweud,

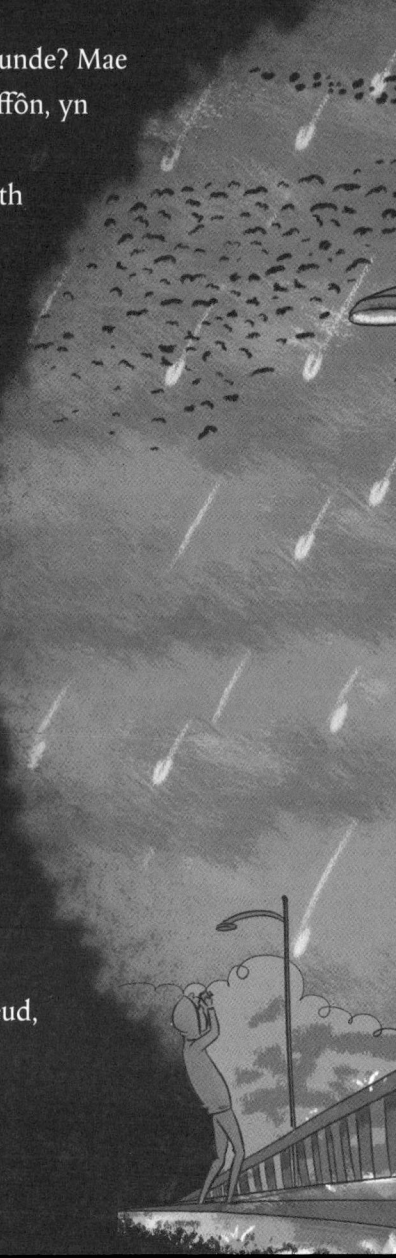

'Mirgathod? Dyfrgwn? Mongŵs?'

'Gwiwerod?' mentrodd Tunde.

Ffrwydrodd ei fam, 'IE! GWIWEROD! Gallai haid fawr o wiwerod fod wedi dy fwyta di, ac unwaith maen nhw'n cael blas ar gig dynol, dy'n nhw byth eisie bwyta cnau eto, chi'n gwybod.'

Anwesodd Ron ysgwydd Tunde; roedd e mor falch o weld ei fab. 'Dere i mewn. Mae angen bàth arnat ti, a bydd rhaid i ni daflu'r dillad 'ma.' Cydiodd ym mraich Tunde a'i dywys i ffwrdd. 'Mae diaroglydd yn aros amdanat ti!'

Chwarddodd y ddau wrth ddringo'r grisiau. Ond sbeciodd Ruth drwy'r ffenest rhag ofn bod gwiwerod bwyta pobl yn cuddio tu allan. 'Hmmff!' ebychodd a chau'r drws yn glep o sylweddoli bod dim byd yno.

Dyna'r tro cyntaf i Tunde gael profiad go iawn o'r adar – ond nid y tro olaf.

③
YR YSGOL FAWR

Digwyddodd y saeth yn yr awyr amser maith yn ôl ac roedd pawb, yn cynnwys Tunde, wedi anghofio'n llwyr am yr holl beth. Erbyn iddo symud i'r ysgol uwchradd, roedd ganddo ffrindiau, ac roedd yn mwynhau ei hun yn fawr. Roedd yn dal i gael ei fwlio ychydig, diolch i Cynan a'i fyddin ffyddlon, ond ar y cyfan, roedd pethau'n well na'r disgwyl.

Ond roedd y sefyllfa gartref wedi dechrau troi'n **rhyfedd**.

Doedd ei fam a'i dad erioed wedi bod yn bobl gymhleth. Pobl undonog o gall oedden nhw, wastad **yr un fath** o ddydd i ddydd. Ond ar ôl i Tunde gyrraedd 11 oed, **fe newidion nhw**.

Doedd e ddim yn newid mawr. Roedd Ruth yn dal i goginio'i phrydau rhyfedd (Cnau cashiw sbeislyd? Treifl locustiaid?) a Ron yn treulio amser yn yr ardd gyda'i lysiau enfawr. Roedd y ddau'n dal i feddwl y byd o'u mab. Roedden nhw'n dal i adrodd straeon am bobl arbennig y byd a dweud sut y gallai Tunde fod yn un ohonyn nhw.

Ac roedd Ron a Ruth yn mynnu mai'r peth pwysicaf oll oedd bod yn garedig, ac anwybyddu'r bwlis.

Ond roedd gan Tunde deimlad yn corddi yn ei stumog … roedd yn amau bod rhywbeth mawr o'i le.

Roedd ei rieni'n ei drin yn wahanol. Bydden nhw'n ei wylio o hyd, a phetai Tunde'n digwydd sylwi, bydden nhw'n edrych i ffwrdd yn euog. Yn fwy rhyfedd fyth, roedden wedi stopio tynnu coes Tunde, ac roedd Ron wedi gorffen dweud jôcs gwael. Roedd Tunde'n gweld eisiau'r jôcs. Un diwrnod, aeth allan i'r ardd, crafu'i ben, tynnu'i drowsus lan, a dweud:

Be ti'n galw dafad heb goesau?

Cwmwl!

Ac yna ei hoff jôc, y jôc fwyaf dwl yn y byd:

Pa fath o gi sy'n byw yn y jyngl?

Mwnci!

Ond ar ôl trio unwaith neu ddwy, dim ond syllu arno'n swrth wnaeth ei dad a dweud bod ganddo waith i'w orffen cyn te. Roedd ei fam yn edrych yn flinedig hefyd. Roedd hi'n dal i'w garu, yn dal i'w orfodi i roi eli ar ei groen a'i wallt, ond roedd rhywbeth o'i le. Edrychai'n drist. 'Wyt ti'n iawn, Mam?' holodd Tunde un noson, wrth i'r ddau lenwi'r peiriant golchi llestri.

'Ydw, cariad,' atebodd. 'Blinedig, dyna i gyd. Lot o waith.' Roedd hynny'n wir – roedd hi'n gweithio'n hwyr yn aml, yn Y Safle a hefyd yn ei swyddfa yn y tŷ. Ond roedd rhywbeth yn dal o'i le. Ac yna'n sydyn, dyma nhw'n rhoi llwyth o reolau newydd i Tunde. Roedd ei rieni'n hoffi rheolau, ond yn y gorffennol, roedd eu rheolau'n synhwyrol – rheolau fel:

- Trin pobl fel rwyt ti eisiau i bobl dy drin di, neu
- Naw o'r gloch yw amser cysgu, neu
- Paid â bwyta eira melyn.

Ond nawr roedd yna reolau newydd.

Er enghraifft, doedd Tunde ddim yn cael rhedeg. Yn syth ar ôl ei ben-blwydd, roedd Ron a Ruth wedi gwahardd rhedeg yn llwyr. Ac roedd Tunde wrth ei fodd yn rhedeg. Pan oedd e'n rhedeg, roedd ei wyneb yn goleuo fel Stadiwm y Principality. Byddai'n gwenu fel giât, a'i wên yn tyfu'n fwy gyda phob cam. Gallai Tunde redeg yn well nag unrhyw un arall; dyna pam roedd e'n mwynhau gymaint. Triodd berswadio'i rieni i newid eu meddwl, gan wenu'n llon. 'Na, dy bengliniau yw'r broblem,' oedd ateb ei fam. 'Byddi di'n eu brifo nhw.'

'A bysedd dy draed,' meddai ei dad. 'Dydyn nhw ddim y siâp gorau ar gyfer rhedeg. Gallet ti achosi niwed hirdymor.'

Roedd Tunde wedi syllu ar ei bengliniau a'i fysedd traed yn ddryslyd. Edrychai popeth yn normal.

'Beth am i fi drio loncian, i weld beth sy'n digwydd?' holodd.

'Na!' gwaeddodd ei fam a'i dad gyda'i gilydd.

'A hefyd,' meddai'i fam, 'dim neidio, sgipio, hopian na thaflu unrhyw beth. A phaid â chodi unrhyw beth trwm.'

'Ond sut galla i esbonio wrth Mr Gruffudd yn y gwersi ymarfer corff?' meddai Tunde. Roedd e'n ofni Mr Gruffudd, oedd yr un maint â bloc o fflatiau.

'Fe gei di wneud ymarfer corff,' meddai Mam. 'Jyst … yn araf. Heb redeg.'

'Ond, Mam …'

Yna plygodd ei dad ei ben ac edrych yn ddifrifol iawn i fyw llygaid Tunde.

'Tunde, mae hyn yn bwysig, bwysig iawn. Wyt ti'n deall? Dim rhedeg, na gwneud ymarfer corff, am dipyn. Mae'n rhaid i ti addo.'

Addawodd Tunde, ond doedd e ddim yn deall. Roedd e'n caru'i rieni, felly ceisiodd ei orau i ufuddhau. Ond wrth i'r misoedd fynd yn eu blaenau, dechreuodd Tunde deimlo'n genfigennus o'i gyd-ddisgyblion. Roedd e'n mynd i wylio pob sesiwn pêl-droed, criced, hoci a nofio, ond doedd gwylio ddim cystal â chymryd rhan. Teimlai mor rhwystredig.

Ond o'r diwedd, digwyddodd rhywbeth annisgwyl. Un diwrnod ar ôl ysgol, cafodd Tunde'i orfodi i redeg mor gyflym ag y gallai – a dyna sut y cwrddodd â Hef Carter.

Capten y tîm pêl-droed dan 13 oedd Hef, ac roedd e'n fwy cŵl na phengwin ar sgis yn llyfu loli iâ. Roedd ganddo *dreadlocks* byr, un ael yn unig a choesau hynod o hyblyg. Ond er mai dim ond 12 oed oedd e, roedd e'n chwarae pêl-droed fel petai'n chwarae'n erbyn Raheem Sterling YMBELYDROL.

Hynny yw, roedd gan Hef dalent ar y cae pêl-droed; roedd e siŵr o fod yn chwarae'n well nag unrhyw un yn yr ysgol, er ei fod yn ifanc. Pan oedd Hef yn chwarae gêm, byddai pawb yn dod i'w gefnogi, a phan fyddai'n sgorio, byddai'r holl dorf yn gweiddi nes troi'n las. Roedd Hef hefyd yn galw'i ffrindiau'n 'mêt', a hefyd 'bruv,' neu 'ffam', fel bod pawb yn deulu iddo. Doedd neb yn siŵr pam – ond roedd yn ei siwtio.

Un noson, roedd Tunde'n gwylio gêm wyllt yn erbyn Ysgol Fechgyn St Ethelred. (Cit oren a phorffor oedd gan y tîm hwnnw, mewn patrwm *tie-dye*. 'Rybish,' yn ôl Jiah, ac roedd hi'n iawn.)

Sgoriodd Hef deirgwaith a chafodd ei gario o'r cae gan ei gefnogwyr. Gwyliodd Tunde'n eiddigeddus, gan ddychmygu sut deimlad oedd bod mor boblogaidd. Fel ennill Oscar bump gwaith, efallai, neu gael record ar dop y siartiau, neu glywed bod esgid bêl-fasged yn cael ei henwi ar eich ôl. Roedd ymennydd Tunde bron â **ffrwydro** wrth feddwl am yr holl bosibiliadau.

Ac wrth i Tunde sefyll yno a'i ymennydd yn chwyddo, cafodd ei wthio i'r llawr. **BAM!**

Cododd ei ben. Safai Cynan Parri o'i flaen, yn crechwenu. 'Breuddwydio, ife, Pigog?'

Chwarddodd Bili Lewis. 'Ie – Hef Carter yw dy arwr di, ontefe?'

Glaniodd poer Sanjay ar y llawr, fodfeddi o law Tunde. Cydiodd Cynan yn Tunde, ei lusgo ar ei draed, gafael yn ei glust a dweud, 'Beth am chwarae gêm, bawb?! 'Dydy Mr Pigog ddim yn hoffi rhedeg, wrth gwrs, felly mae'n bryd iddo ddysgu. Fe gei di ddechrau ddeg eiliad o'n blaenau ni.'

Clapiodd Sanjay, Pauly a Bili eu dwylo, wrth i Tunde wingo a cheisio dianc.

'Gad lonydd i fi!'

Chymerodd Cynan ddim sylw, a dal ati. 'Wna i gyfri i 50, ond os daliwn ni di, bydd yn barod **i wisgo dy bants ar dy ben** ... ac, er mwyn plesio'r gwylwyr gartre, fe wnawn

ni fflyshio dy ben yn y toiled.'

Ar y gair, gollyngodd glust Tunde a dechrau cyfrif.

'Un, dau, un deg saith, dau ddeg wyth, tri deg saith …' Chwarddodd y lleill, yn gwybod yn iawn beth oedd ar fin digwydd: roedd Tunde Wilkinson yn mynd i gael ei falu. Ond roedd Tunde wedi dechrau rhedeg nerth ei draed, ac roedd Cynan wedi cael llond bol ar rifo ac eisoes yn **RHEDEG AR EI ÔL**. Dilynodd ei gang bwystfilaidd ar ras. Rasion nhw heibio'r ceir yn y maes parcio, gan **huɯtian, gɯeiddi** a **sgrechian** fel haid o anifeiliaid gwyllt. **Gwibiodd** Tunde yn ei flaen gan **ddawnsio'i** ffordd **i'r dde, i'r chwith** ac o **gwmpas** y ceir. Doedd dim poen yn ei bengliniau, yn ei gefn na'i gluniau chwaith. A dweud y gwir, roedd e'n mwynhau ei hun. Ac, er ei fod yn ysu i gael dianc, roedd e'n teimlo'n … ffantastig.

Yn y cyfamser, roedd Hef yn gwylio'r holl beth o ffenest y stafell newid. Rhedodd Tunde rhwng car Beetle a'r llwyni, a gwibio heibio polion a biniau. Llwyddodd i redeg ar hyd top y wal heb gwympo na thorri unrhyw asgwrn. Gwyliodd Hef e'n rhuthro tuag at y safle bws, eiliadau cyn i'r 472 adael. Cyrhaeddodd Cynan a'i griw eiliad yn ddiweddarach, ond roedden nhw'n rhy hwyr. Dyma nhw'n dechrau gweiddi a chicio'r safle bws wrth i Tunde wenu o ffenest gefn y cerbyd. Waw, meddai Hef wrtho'i hun, *mae'r bachgen â'r trwyn mawr wir yn gallu rhedeg, mêts!*

Amser cinio'r diwrnod wedyn, aeth Hef at Tunde a gofyn a gâi eistedd yn ei ymyl.

Allai Tunde ddim credu'r peth! Hef Carter, yn eistedd

gydag e! Pinsiodd ei hun a thrio'i orau i wrando – roedd hyn yn EPIG. 'Gwranda. Tunde, ife? Mêt – rhaid i ti chwarae pêl-droed i dîm yr ysgol!'

Allai Tunde ddim credu'i glustiau. Dyma eiliad bwysicaf ei fywyd. Chwarae pêl-droed i dîm yr ysgol. 'BEEEEEETH?' sibrydodd o dan ei anadl. Roedd e'n teimlo fel llewygu, ond llwyddodd i aros yn ei sedd … jyst. Doedd neb byth wedi gofyn iddo wneud rhywbeth fel hyn o'r blaen. Baglodd ei eiriau dros ei dafod:

'Ond dwi ddim yn gallu chwarae – ddim fel – wel, 'sneb yn gallu chwarae fel ti – wel – heblaw ti – ond – dwi jyst …'

'Mêt, dwi'n siŵr y byddi di'n epig! A wel, yr unig beth sy eisie i ti wneud, yw chwarae fel ti, mêt. Ie. Bydd yn ti dy hunan. Fel y gwnest ti i Cynan a'r criw ddoe drwy wneud iddyn nhw edrych yn stiwpid. Mêt, byddet ti'n wych ar y tîm, meddylia am y peth.'

Felly, meddyliodd Tunde am y peth. Ond ddywedodd e ddim gair wrth neb. A dweud y gwir, doedd dim angen iddo ddweud, achos o'r diwrnod hwnnw 'mlaen, roedd pawb yn sylwi bod chwaraewr gorau'r tîm yn treulio pob amser cinio gyda Tunde Wilkinson, yn trafod p'un oedd orau, sudd oren neu Ribena, Kit-Kats cyffredin neu Kit-Kats blas leim, Wonder Woman neu Black Widow … y Smyrffs neu'r rhai glas yn Avatar. (Roedd Hef yn dwlu ar Avatar – 'dwi'n gwbod bod Smyrffs yn las hefyd, ond mae criw Avatar yn stoosh, deall?')

Serch hynny, mynnodd Tunde egluro wrth ei ffrind newydd nad oedd e'n cael gwneud unrhyw ymarfer corff o gwbl. Roedd ei fam a'i dad wedi dweud hynny'n **hollol bendant**. Ond roedd Hef fel ci sombi â choes ddynol yn ei geg – doedd e ddim yn mynd i ollwng gafael.

'Na, na, na, mêt, dyma dy gyfle di! Wna i ofyn i Gruffudd wisgo siwt smart a mynd draw i wenu'n neis ar dy rieni di. Ti'n meddwl y gwaiff hynny weithio?'

Plediodd Tunde arno i beidio â gwneud hynny. Yn gyntaf, roedd Mr Gruffudd yn poeri wrth siarad, felly byddai ei fam yn siŵr o'i gasáu. Ac yn ail – Tunde fyddai'r unig un a allai eu perswadio, roedd e'n siŵr o hynny.

Ar y bws tuag adref, ceisiodd feddwl am ffyrdd gwahanol o berswadio'i rieni.

SEFYLLFA A:

Gallai Tunde ddisgyn o'r bws yn gynnar er mwyn casglu blodau ar ei ffordd adref, a'u rhoi i'w fam ar ôl cyrraedd y tŷ. Wedyn, wrth iddi edmygu'r tusw annisgwyl, gallai Tunde ddweud yn gyflym: 'Mam, o'n i'n meddwl ymuno â'r tîm pêl-droed. O, mae'r blodau yna'n arogli'n wych! Hyfryd! Jyst fel ti, Mami. Gyda llaw, Agapanthus: Wakanda Am Byth yw eu henw nhw!'

SEFYLLFA B:

Gallai Tunde dreulio amser gyda'i dad. Pan fyddai Dad yn ei sied yn trio gwneud i bwmpen flasu fel macrell, gallai Tunde esgus cymryd diddordeb. 'Hmmm, mae'n blasu fel pwmpen a physgodyn – ti ar y trywydd cywir, Dadi …' ac wedyn: 'Dad, ti'n meddwl y galla i chwarae pêl-droed i dîm yr ysgol?' Ond roedd e'n gwybod yn union beth fyddai'n digwydd bob tro.

Yn sefyllfa A, byddai Mam yn taflu'r blodau i'r bin, wrth i stêm ddod allan o'i chlustiau, a'i llygaid yn troi'n goch, cyn dechrau sgrechian, 'Dim chwaraeon yn y teulu 'ma. DIM BYTH. Nawr cer i dy stafell a phaid â dod allan am ugain mlynedd!'

Ac yn sefyllfa B, byddai Dad yn anadlu tân, yn malu'r bwmpen â **morthwyl**, ac yn dweud yn dawel iawn, 'Be dwi 'di dweud am bêl-droed? NA yw'r ateb! A ti 'di gwneud i fi ddifetha'r Pwmp-bysgodyn – dyna beth oedd i fod i swper! Cer i dy stafell a phaid â dod allan am ugain mlynedd!'

Rhwbiodd Tunde'i lygaid. Dim gobaith! Erbyn iddo gyrraedd adref, roedd wedi blino'n lân. Yn ystod pum munud olaf y daith, roedd wedi meddwl am o leiaf bymtheg o sefyllfaoedd eraill. Roedd pob un yn gorffen ag yntau'n cael ei gloi yn ei stafell am ugain mlynedd.

Eisteddodd yn flinedig wrth y bwrdd, edrych ar ei fam a'i dad, a dweud yn blwmp ac yn blaen: 'Mam, Dad, mae chwaraewr gorau'r tîm pêl-droed yn meddwl y dylwn i drio chwarae i'r ysgol. Beth y'ch chi'n feddwl?'

Clywodd adar yn canu tu fas wrth iddo aros am eu hateb.

Yn ddiddorol iawn, ddigwyddodd ddim ffrwydriad mawr, dim fflamau'n dod o'u ffroenau, dim llygaid coch. Edrychodd ei rieni ar ei gilydd yn drist gan siglo'u pennau. Dad oedd y cyntaf i siarad. 'Drycha, Tunde – ni'n moyn i ti fod yn hapus, ni'n moyn i ti allu gwneud popeth mae'r plant eraill yn ei wneud. Ond dydyn ni ddim yn moyn i ti wneud unrhyw beth allai achosi niwed i ti neu i rywun arall.'

Rhwbiodd Tunde ei ben. 'Beth y'ch chi'n feddwl, achosi niwed? Dwi ddim yn deall.'

Yn sydyn, cynyddodd sŵn yr adar y tu allan.

Meddai Ruth, 'Cariad, ti'n sbesial iawn, iawn i ni. Ry'n ni wedi dy wylio di'n tyfu a chryfhau.' Stopiodd am eiliad i feddwl beth i'w ddweud nesaf. 'Ond ry'n ni'n meddwl y bydd pawb arall ar y tîm o dan anfantais fawr,' meddai'n ofalus, 'a falle y byddi di'n achosi anaf …'

Nodiodd ei dad – o safbwynt Ron, roedd y sgwrs ar ben.

Ond doedd Tunde ddim wedi deall gair, ac am y tro cyntaf yn ei fywyd, **GWYLLTIODD** â'i rieni.

Bellach, roedd trydar yr adar y tu allan i'r ffenest wedi

cynyddu cymaint nes eu bod nhw'n *clegar* a *sgrechian*. Cododd Tunde ar ei draed mewn tymer. Edrychodd Ron a Ruth arno fel petai ganddo ddau ben – doedden nhw erioed wedi gweld Tunde'n ymateb fel hyn o'r blaen. 'Cariad?' meddai Ron. Ond doedd Tunde ddim yn gwrando. 'Dyw hyn ddim yn deg! Dwi'n dilyn y rheolau, dwi'n helpu yn y tŷ, dwi'n gwneud fy ngwaith cartre. Dwi'n gwneud popeth chi'n dweud wrtha i, hyd yn oed y pethau DIFLAS. Ond dwi eisie gwneud beth mae'r plant eraill yn wneud, jyst cael hwyl ambell waith, a dy'ch chi ddim yn gadael i fi – dyw e DDIM YN DEG!'

TRAWODD y bwrdd â'i ddwrn. Yn galed. Neidiodd popeth hanner troedfedd i'r awyr.

Yr eiliad honno, hedfanodd pum brân at y ffenest, gan **DARO**'i gilydd, a'r gwydr: **thwmp thwmp thwmp thwmp THWMP!** Am fraw! A dyna lle'r oedd yr adar yn gorwedd ar eu cefnau, gan syllu'n ddryslyd ar bobl bach cartŵn yn chwyrlïo o gwmpas eu pennau.

Roedd rhieni Tunde wedi dychryn; ac â bod yn onest, roedd Tunde wedi cael dychryn hefyd. Roedd e wedi croesi llinell, ond allai e ddim troi'n ôl – felly safodd yn stond ac aros i weld beth fyddai'n dod nesaf.

Cododd Ron ar ei draed, edrych i fyw llygaid Tunde, a dweud, 'Cer i dy stafell. A meddylia am y ffordd y siaradest ti â ni.' A chan fod Ron wedi siarad mewn siom, nid mewn tymer, dechreuodd Tunde deimlo cywilydd. Rhedodd o'r stafell, rhuthro lan y grisiau, gwthio'i ddrws ar agor a'i gau'n **GLEP** ar ei ôl, ac eistedd ar y gwely, gan drio peidio â chrio.

Doedd dim syniad ganddo beth i'w wneud. Aeth i chwarae'i gêm fideo, ond doedd hynny ddim help.

Felly yn y diwedd gorweddodd i lawr, syllu ar ei bapur wal patrymau'r gofod a'i bosteri archarwyr a meddwl am hir.

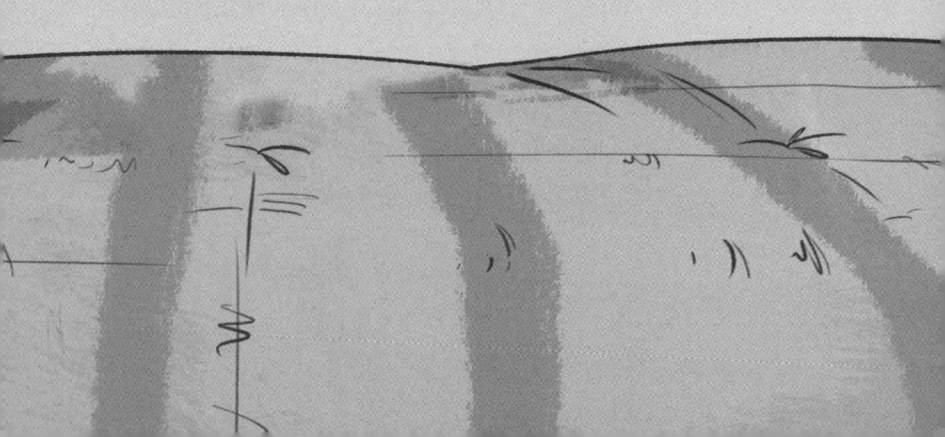

A phan gafodd e lond bol ar deimlo'n grac â'i hun ac â'i fam
a dad, gwyddai'n union beth i'w wneud y diwrnod canlynol
yn yr ysgol …

④
Y MABOLGAMPAU

Cysgodd Tunde, a breuddwydio am ofod tywyll, a serennog. Doedd dim byd i'w weld, ond rywsut, roedd yng nghanol yr holl ddim byd. Roedd gwres yn dod ohono, **MWG** yn codi o'i gorff **E**, a nawr roedd e'n disgleirio fel haul siâp bachgen.

Deffrodd a rhwbio'i groen i weld a oedd e ar dân, ond doedd e ddim. Ochneidiodd yn falch, siglo'i ben, ac yna anghofio am y peth. Teimlai'n llawn cyffro wrth neidio allan o'r gwely, sleifio i'r stafell molchi, a sefyll dan y gawod, cyn gwisgo'i ddillad a gadael y tŷ fel rhyw fath o brentis lleidr.

Roedd Tunde'n llawn cyffro am mai heddiw oedd diwrnod y Mabolgampau, ac roedd e'n **gwbl benderfynol** o gymryd rhan rywsut. Ac nid cymryd rhan yn unig – roedd e'n mynd i ennill, roedd e'n siŵr o hynny. Rhuthrai sicrwydd o gwmpas ei gorff fel bws heb yrrwr â bricsen ar y pedal. *Roedd e'n mynd i ennill.*

Ac roedd Tunde am wneud hyn i gyd heb ganiatâd ei rieni.

Nawr, fel pawb arall, roedd Tunde'n gwybod bod y rhan fwyaf o rieni'n bobl od iawn. Roedd tad Dafydd Jenkins yn

gwisgo het yn y tŷ o hyd. Roedd mam-gu Efa Lili'n hoffi canu caneuon Abba mewn Pwyleg, ac roedd gan **RIENI** Jac Tagoe geffyl anwes oedd yn byw gyda nhw … mewn fflat ar y llawr cyntaf!

Felly, doedd rhieni Tunde ddim mor od â hynny, yn ei farn e. Roedd e'n gwybod fod y ddau'n gweithio, ac yn gwneud 'stwff gwyddonol', ond dim mwy na hynny. Ond dyma'r pethau doedd Tunde DDIM yn eu gwybod am waith Ron a Ruth …

Mae stori wir Y Safle yn dechrau yn ystod yr Ail Ryfel Byd —

Aros eiliad. Cyn i ni ddechrau, mae'n bwysig deall rhywbeth.

Yn gyntaf: Mae cred yn bwysig.

I'r rhan fwyaf ohonon ni, mae'n bwysig ein bod ni'n credu mewn rhywbeth. Gallwn ni gredu mewn pŵer cariad neu garedigrwydd, neu hyd yn oed ym mhŵer iachusol brechdanau jam. Wrth gwrs, os nad ydyn ni'n credu mewn rhywbeth, beth yw'r pwynt? Dylen ni fod yn **ddiolchgar** am y pethau lleiaf: cacennau, cerddoriaeth, ffonau clyfar, esgidiau, pants, bobls gwallt ac, wrth gwrs, **FIDEOS** o gathod. Dylen ni hefyd fod yn ddiolchgar am y bobl sy'n ymdrechu i wneud y peth iawn bob tro.

Pobl fel sefydlydd Y Safle, Emil Krauss.

DYMA HANES EMIL KRAUSS: GWRANDA'N ASTUD!

Cafodd Emil Krauss ei eni ym 1911 yn yr Almaen. Roedd e'n ddisgybl gwych yn yr ysgol, ac ar ôl astudio yn y brifysgol, daeth yn wyddonydd uchel ei barch. Ei freuddwyd oedd datblygu technolegau newydd a chymhleth. Daeth yn enwog mewn llawer o feysydd gwahanol: cemeg, ffiseg, bioleg, teithio i'r gofod, DNA dynol, a hyd yn oed gwneud brechdanau jam perffaith.

Roedd e'n flaengar iawn yn arbrofi ar bethau newydd o hyd. Ond yna dechreuodd criw o bobl ofnadwy gymryd diddordeb yn ei waith. Plaid wleidyddol newydd o'r enw'r blaid Natsïaidd oedd y rhain, ac i dorri stori hir iawn yn fyr, roedden nhw'n bobl ddrwg iawn. Fe ddechreuon nhw ryfel mawr yn Ewrop ac yna dros y byd i gyd. Pan welon nhw beth oedd Krauss yn gallu'i greu mewn lab gyda thiwb prawf, ambell electrod ac ymbelydredd, penderfynon nhw'n syth y dylai Krauss ddod i greu arfau iddyn nhw.

Ond yn ffodus iawn, roedd Krauss yn berson da, ac yn casáu rhyfel. Felly, gyda help ei ffrindiau a thipyn bach o lwc, dyfeisiodd gynllun i ddianc dros y môr o'r Almaen i Dover yn Lloegr …

A llwyddodd i wneud hynny! Ym 1941, dihangodd ar ei ben ei hun. Cuddiodd mewn howld llong, cysgu mewn crât o ddillad menywod, nofio tri deg milltir i'r lan tra'n gwisgo ffrog grand, yna dwyn beic rhydlyd er mwyn teithio ling-di-long i Lundain. Ond, o leiaf fe gyrhaeddodd!

Cyn hir roedd Krauss wedi llwyddo i brynu dillad dyn a chael lle diogel i fyw. Roedd e'n rhydd o'r diwedd. Ac yna daeth y rhyfel i ben.

Cyn hir cafodd Krauss wahoddiad i dŷ'r Prif Weinidog yn Westminster – lle'r oedd y llywodraeth yn trafod

materion o bwys – a chael cyfle i annerch arweinwyr gwledydd y byd. Siaradodd yn frwd am ei brofiadau yn ystod y rhyfel, a dweud, 'Fydd 'na ddim dyfodol i'n byd, heb roi diwedd ar ryfela.'

Cytunodd arweinwyr byd ag e. Roedd y gwyddonydd ifanc, brwdfrydig a bywiog, wedi gwneud argraff arnyn nhw i gyd. 'Ond sut mae dod â rhyfel i ben?' gofynnon nhw. 'Beth yw dy ateb di?'

Anwesodd Krauss ei farf flêr am eiliad cyn datgan, 'Er mwyn dod â rhyfel i ben, bydd angen llawer o amser a llawer o arian.'

Ac felly, ar ôl misoedd o drafod, penderfynodd pawb yn unfryd fod yn rhaid atal rhyfeloedd o bob math rhag digwydd byth eto. Rhoddon nhw rai biliynau o ddoleri i Krauss er mwyn iddo allu mynd ati i gynllunio ateb i'r broblem drwy ddefnyddio technolegau'r dyfodol.

Felly, gwariwyd arian mawr ar safle cyfrinachol lle gallai Krauss weithio'n dawel gyda gwyddonwyr o bob rhan o'r byd. Roedd gan bawb yr un nod: gwneud y byd yn lle gwell ... drwy unrhyw ddull a modd.

Wrth gwrs, bu llawer o **GAMGYMERIADAU** ar hyd y daith ...

Fel y mwncïod oedd yn siarad a ddihangodd o'r labordy a chipio hen dryc Suzuki ail-law a cheisio dianc i Norwy ar fferi.

Neu'r robot haciodd i mewn i system y Tŷ Gwyn a cheisio cael ei ethol yn Arlywydd America.

Neu'r haig o siwpyr-bysgod fu bron â dinistrio Llyn Tegid.

Chymerodd y cyfryngau ddim llawer o sylw o'r digwyddiadau hyn. Roedden nhw'n meddwl mai twyll oedd y cyfan. Ac, am ddegawd o leiaf, roedd pethau *wedi* bod yn dawelach o lawer. Roedd rhyfeloedd yn *dal* i ddigwydd, ond ar raddfa lai nag yn y gorffennol.

Hynny yw, tan ddeuddeg mlynedd cyn i'r stori hon ddechrau.

Ddeuddeg mlynedd yn ôl, roedd Krauss wedi dechrau teimlo'n flin. Roedd e bron yn gant oed erbyn hyn. Ac er ei fod wedi creu coctels gwrth-heneiddio oedd yn gwneud iddo edrych tua hanner cant oed ac yn ddigon iach, doedd e ddim yn teimlo ar ei orau.

Pam? Wel, yr **UNED ARCHWILIO DIMENSIYNAU ERAILL** oedd y broblem.

Adran gyfrinachol iawn oedd yr U.A.D.E. ac roedd yr adran hon ar fin darganfod rhywbeth pwysig dros ben. Roedden nhw wedi bod yn archwilio dimensiynau eraill, ar wahân i'n un ni, yn ofalus iawn er mwyn monitro unrhyw fygythiad i'r Ddaear.

Ti'n gweld, y peth yw, ers oesoedd cyn i *ti* gael dy eni, roedd gan Y Safle ddiddordeb mewn teithio i'r lleuad, i'r blaned Mawrth a, rhyw ddydd, yn bellach fyth, y tu hwnt i gysawd yr haul. Yn ddiweddar, roedden nhw wedi bod wrthi'n archwilio … dimensiynau eraill.

Doedd y cwestiwn: 'Oes bywyd ar blanedau eraill?' ddim yn holl-bwysig bellach.

Y cwestiwn nawr oedd: 'Oes yna ddimensiynau eraill, y tu hwnt i'n dimensiwn ni? Oes rhywrai'n byw yno? Ac os

61

oes, oes gyda nhw archfarchnadoedd?'

Buon nhw'n sganio am fywyd drwy ddefnyddio arbrofion mathemategol. Roedd yr arbrofion hyn mor **gymhleth**, byddai dy wallt yn troi'n wyrdd a dy ddannedd yn cwympo o dy geg, wrth drio'u deall nhw.

Yr unig beth sy'n rhaid i ti wybod yw hyn: roedd eu hymdrechion yn llwyddiannus.

Un diwrnod, ar ôl dyddiau, misoedd, a blynyddoedd o chwilio am ddimensiynau eraill, dyma nhw'n darganfod un!

Y noson honno ysgrifennodd Krauss yn ei ddyddiadur:

Rydyn ni'n gweld gwyrthiau bron bob dydd! Mae ein sganwyr yn ffilmio planedau meirw, sêr yn ffrwydro. Lloerennau siâp pyramid. Anhygoel!

Fis yn ddiweddarach, ysgrifennodd:

Rydyn ni nawr yn gweld prawf o ryfela rhwng creaduriaid tebyg i gathod a rhyw fath o adar-bobl. Sut mae hyn yn bosib? Maen nhw'n dechnolegol well na ni.

Roedd gan Krauss **DDIRPRWY** yn Y Safle. Ei enw oedd Marcus Humphries. Roedd Humphries yn wyddonydd arbennig – ond roedd e'n gwneud i Krauss deimlo'n anniddig.

Un diwrnod, ysgrifennodd Krauss yn ei ddyddiadur:

Mae Marcus yn ysu am bŵer, am lwyddiant, am arian ac am fod yn destun ffilm Hollywood. Man a man iddo wisgo het fawr yn dweud HELÔ, RYDW I'N GLYFAR IAWN... a throwsus gyda'r geiriau AC YN UCHELGEISIOL HEFYD i lawr yr ochrau.

Roedd gan Humphries bob math o syniadau am sut i farchnata'r dechnoleg ac ennill arian, ond bob tro roedd e'n awgrymu hynny wrth Krauss, yr ateb oedd 'na'. Felly roedd Marcus yn siomedig iawn ac yn flin tu hwnt.

Credai Krauss y gallai hyn arwain at broblem ryw ddiwrnod. Ond, roedd e'n gobeithio, drwy siarad â Marcus a'i galonogi, y gallai ei helpu i ddeall mai gwir nod gwyddoniaeth oedd gwneud y byd yn **lle gwell** i bawb. Nid i Marcus Humphries yn unig.

Byddai'r ddau'n cwrdd bob dydd yn swyddfa Krauss i wylio fideo o'r dimensiwn arall a thrafod eu darganfyddiadau. Daeth yn amlwg yn fuan iawn bod y creaduriaid estron hyn yn rhyfela'n ddiddiwedd – ar lefel ddigon cyfartal.

Un diwrnod, roedd y ddau wrthi'n gwylio'r creaduriaid yn brwydro. Roedd Humphries wedi gwirioni a gwaeddodd at y sgrin, 'Edrych! Cathod ac adar estron yn saethu **rocedi** a **laserau** at ei gilydd! Pwy sy angen y sinema? Gallwn i wylio hyn drwy'r dydd!'

Ochneidiodd Krauss, a dweud, 'Marcus, mae'r creaduriaid yn benderfynol o ddinistrio'i gilydd. Ein **nod** ni yw sicrhau

heddwch ar y Ddaear. Os gallwn ni drefnu rhyw fath o gytundeb heddwch rhwng y ddwy fyddin hon, falle y gallwn ni ddysgu sut i wneud yr un peth ar ein planed ni.'

Ystyriodd Humphries yn ddwys cyn ymateb:

'Ie, wel … mae hynny'n bosib … neu gallen ni gipio un o'u rocedi, dwyn eu stwff i gyd ac ennill biliynau!'

Pinsiodd Krauss dop ei drwyn ac ochneidio'n ddwfn unwaith eto.

'Marcus,' meddai'n dawel. 'Wyt ti'n meddwl y bydd y bodau clyfar hyn yn gadael i ni ddwyn eu syniadau nhw? Maen nhw'n barod iawn i ryfela, cofia.'

Meddyliodd Humphries am funud cyn ateb:

'Ti'n iawn am y rhyfela – ry'n ni wedi'u gweld nhw'n dinistrio llongau gofod ei gilydd drosodd a thro. Ond dydyn nhw ddim wedi **datblygu** cymaint â hynny … maen nhw'n dal i ddefnyddio pob math o bethau i daro'i gilydd.'

Gwenodd Krauss yn gynnil. 'Digon tebyg i ni, felly.'

Yn y cyfamser, roedd gan Humphries gynllun. Gweithiodd yn galetach nag erioed o'r blaen. Am fis cyfan, cysgodd o dan ei ddesg a brwsio'i ddannedd â sebon ar flaen ei fys, tra'n creu hafaliadau mega-cwantwm fyddai'n gwneud i hyd yn oed Einstein chwysu. Bwytodd ddigon o siwgr i lenwi llyn a thorrodd gannoedd o gyfrifianellau.

Roedd Humphries a'i dîm yn arbrofi ar delegl2udo pethau o un lle i'r llall drwy blygu twll du yn llythrennol. **MAGL TWLL DU** oedd enw Humphries ar yr arbrawf hwn.

Un diwrnod, rhedodd Humphries yr holl ffordd i swyddfa

Krauss a gwthio'r drws ar agor heb gnocio.

'Llwyddiant! Mae'r tîm wedi darganfod sut i ddal y 'Cathod' yn y Magl Twll Du! Sy'n golygu – gobeithio – y gallwn ni eu tynnu nhw tuag aton ni.' Roedd e'n fyr ei anadl. 'Beth wyt ti'n feddwl? Ddylen ni fynd amdani?'

Meddyliodd Krauss am funud.

'Beth os bydd rhywbeth yn mynd o'i le? Gallen nhw ymosod arnon ni.'

Gwenodd Humphries fel cath o flaen llaethdy.

'Mae gyda ni Dderbynfa Ddimensiwn yn barod ar eu cyfer, a mwg anesthetig i'w bwmpio i mewn i'r stafell. Byddan nhw'n cysgu ymhen eiliadau – wedyn gallwn ni eu cloi yn yr adran arsylwi. Bydd gwely a brecwast – a'r cadwyni – **yn rhad ac am ddim**, wrth gwrs.'

Syllodd Krauss arno a mwytho'i farf lwyd anniben. 'Gobeithio dy fod ti'n iawn …'

Ac aeth yn ôl at y papurau ar ei ddesg.

O'r diwedd roedd Krauss wedi rhoi caniatâd. Rhedodd Humphries 'nôl i'r labordy **tanddaearol** fel petai'n sownd wrth roced. Dyma hi, ei foment fawr.

Ac roedd yn rhaid llwyddo.

Ymhen rhai dyddiau, cafodd Humphries ei gyfle. Daeth Krauss i mewn i adran arsylwi'r Dderbynfa Ddimensiwn drwy'r drws **titaniwm enfawr**. Gorchmynnodd Marcus i'r gweithwyr archwilio'r offer am y tro olaf wrth wenu'n llon ar y tiwbiau o fwg cysgu oedd yn cuddio yn y waliau.

'Ydy hi'n amser?' gofynnodd Krauss yn dawel.

'Ydy,' meddai Marcus, a'i lygaid yn disgleirio.

Gafaelodd yn llaw Krauss wrth i'r broses ddechrau. Ac yna, yn sydyn – daeth sŵn **PING! PING! PING!** Dyma ni! Darganfyddiad bywyd traws-ddimensiynol! Dihunodd y Magl Twll Du. Plygodd y gofod. Daeth fflach enfawr o fellt melyn ac yna …

Yng nghanol y labordy … ymddangosodd llong ofod.

Roedd hi'n llawer mwy na'r disgwyl, ac yn fwy rhyfedd hefyd. Tasgai gwreichion lliwgar a **MWG DU** o'i chragen allanol. Daliodd yr holl dîm eu hanadl, ac aros. Tawelwch. Dim ffrwydriadau na laserau o'r tu mewn i'r llong.

Yna, daeth HANNER CANT O DECHNEGWYR Y Safle i mewn i'r labordy ar ruthr, a sefyll o gwmpas drws y llong ofod â'u harfau'n barod.

Pan welodd Krauss yr arfau, roedd e'n gandryll. 'Beth yw hyn, Marcus? Am groeso! Herwgipio'u llong a'u bygwth â mwy o arfau nag **ARMADA SBAEN**?'

Siglodd Humphries ei ben. Roedd ei lygaid yn dal i ddisgleirio wrth wylio'r llong ofod. 'Rhaid i ni fod yn ofalus, Emil! Gallwn ni esbonio ein bod ni'n bobl heddychlon … ar ôl eu hamgylchynu a'u carcharu, wrth gwrs.'

Gwisgodd y gweithwyr eu mygydau, a gan amneidio ar ei gilydd, dyma nhw'n camu 'mlaen i gwrdd ag estron o fyd arall am y tro cyntaf erioed.

Wrth iddyn nhw nesu at ddrws y llong ofod, agorodd hwnnw bron yn syth.

Disgleiriodd y llong ofod am eiliad, ac yna daeth siâp

tebyg i berson i'r golwg. Roedd yn agos i wyth troedfedd o daldra, ac yn cario rhywbeth yn ofalus yn ei **freichiau**.

Wy mawr!

5

Y MABOLGAMPAU – GO IAWN

Iawn, nawr dy fod di wedi dysgu am Y Safle, a'r hyn a ddigwyddodd ddeuddeg mlynedd yn ôl, awn ni'n ôl i'r presennol: Diwrnod Mabolgampau *Ysgol Y Cwm*.

Doedd Tunde ddim wedi sôn wrth neb am ei gynllun i redeg y ras 1500 metr, ond roedd e'n barod amdani. Roedd ei ddillad ymarfer corff yn ei sach gefn; roedd ganddo Vaseline er mwyn gwneud i'w goesau edrych yn ddel yn ei siorts; roedd wedi torri'i ewinedd, chwythu'i drwyn a brwsio'i wallt. Roedd Tunde'n barod.

Aeth at Mr Gruffudd a rhoi'i enw ar y rhestr. Roedd yr athro mor falch nes taro Tunde'n ysgafn ar ei gefn. Teimlai hynny fel cael ergyd gan eliffant.

Gwelodd Kylie'r ddau'n siarad ac anelu tuag atyn nhw. **ARHOSODD** nes bod Mr Gruffudd yn trafod rhagoriaethau taflu'r ddisgen gyda rhieni Meera Khan cyn troi at Tunde.

'Be ti'n wneud?' holodd.

'Dim ond cael gair â Mr Gruffudd,' meddai Tunde, gan lusgo'i draed.

'Hmm. Am be?'

'Ymmm.'

'Dwi'n siŵr i fi glywed ti'n dweud bo' ti wedi rhoi dy enw i lawr ar gyfer y ras 1500 metr.'

Ochneidiodd Tunde. 'Ocê. Dwi wedi.'

'Ti 'di cwympo ar dy ben?' gwgodd Kylie. 'O'n i'n meddwl bod dy fam a dy dad wedi dweud –'

'Dwi'n gwbod.'

'Tunde, dwedon nhw wrthot ti am beidio â gwneud ymarfer corff er dy les dy hun – be bynnag mae hynny'n feddwl. Alli di 'mo'u hanwybyddu nhw. Nhw yw dy rieni di. Dyyy?'

Edrychodd Tunde arni'n drist. 'Pam mae pawb ond fi'n cael mwynhau'r Mabolgampau?'

Ond siglodd Kylie ei phen. 'Ti'n mynd i fod mewn trwbwl, Tunde, a dy fai di fydd e. Pam wyt ti'n ofni siarad â nhw? "Mae ofn yn llwybr tywyll, sy'n arwain at ddicter, a chasineb, ac yna mae pawb yn **DIODDEF**" meddai Mam.'

Syllodd Tunde arni.

'Y dyn porffor pigog o Rhyfel Cosmig sy'n dweud hynna, nid dy fam.'

Cododd Kylie'i hysgwyddau. 'Mae e'n iawn, ta beth. Paid ag ofni siarad â dy rieni am be bynnag sy ar dy feddwl neu byddi di'n eu casáu nhw am beidio dy helpu di. Wedyn byddi di'n gwneud rhywbeth dwl, yn landio yn y carchar a fyddwn ni ddim yn dy weld di nes wyt ti'n o leia' chwe deg wyth mlwydd oed ac yn grychau i gyd. A byddi di'n dod mas o'r carchar a dweud, "Kyles – ti oedd yn iawn", a bydda i'n dweud, " WRTH GWRS, Wilkinson – dylet ti fod wedi gwrando arna o'r dechrau!"'

Ond roedd Kylie'n canolbwyntio cymaint ar y sefyllfa

ddychmygol hon, sylwodd hi ddim fod Tunde wedi diflasu a cherdded i ffwrdd.

Roedd merch arall yn **siarad** â Mr Gruffudd. Roedd hi wedi rhoi'i henw i lawr ar gyfer y ras 4 x 400 metr. Ond dyma'r peth pwysig – roedd hi'n edrych yn union fel Tunde. Heblaw am ei gwallt melyn mewn steil Affro pigog, croen tywyll iawn, a ffordd cŵl o wisgo'i gwisg ysgol.

CERDDODD Tunde ati mewn breuddwyd, ond rywsut llwyddodd i ddweud **RHYWBETH**.

'Helô – Tunde Wilkinson ydw i – ti'n newydd?'

Ond y foment honno, cyrhaeddodd Cynan Parri a'i griw o fechgyn swnllyd.

'Haia!' Rhedodd Bili Lewis ati'n gyflym, ond llwyddodd y ferch i gamu i'r naill ochr a gadael iddo lanio yng nghanol y llwyni!

Chwarddodd Cynan nerth ei ben.

'Waw – roedd hynna'n wych. Beth yw dy enw di?'

Gwenodd y ferch. 'Dembe Diallo – a ti?'

GWENODD Cynan hefyd, a dweud, 'Cynan dw i. Yr idiot yn y llwyni yw Bili, yr un mawr yw Pauly Gore, a'r un sy'n syllu arnat ti'n od yw Sanjay. Dwed helô, Sanj, ti'n gwneud i ni edrych yn dwp.'

Daliodd Sanjay i syllu'n geg-agored ar Dembe. Ond anwybyddodd hi'r bachgen – roedd hi'n cŵl, **meddyliodd** Tunde.

'Ti'n rhedeg?' gofynnodd hi.

Chwyddodd Cynan ei frest, gan edrych fel ceiliog dandi.

'Wrth gwrs. 1500 metr. Ti?'

Chwarddodd Dembe.

'Y ras gyfnewid, ychan! Fi sy'n gwneud y lap olaf – "Baton plis, *brŵm*, ta ra!"'

Chwarddodd Cynan eto wrth i weddill y criw **grwydro** i wahanol gyfeiriadau. Yn union fel petaen wedi arfer gwneud ffrindiau â phlant newydd.

Allai Tunde ddim credu'r peth. Roedd y ferch yn edrych

yn union fel Tunde, ond roedd hi wedi gwneud i Cynan chwerthin, a nawr roedd hi a'r criw yn ffrindiau gorau, fel jam ar dost. Doedd hi ddim hyd yn oed wedi edrych ar Tunde pan ddwedodd e helô …

'Welaist di hynna?' holodd Tunde i Kylie wrth iddi ddod tuag ato. 'Mae'r ferch newydd 'na'n ffrindiau â Cynan Parri. O'n i ddim yn gwbod bod hynny'n bosib.'

'Na,' meddai Kylie. 'Dyna'r peth mwya od dwi wedi'i weld ers oesoedd.'

Dechreuodd y Mabolgampau o'r diwedd ar ôl cinio.

Roedd yn brynhawn prysur iawn.

Ar ganiad y chwiban ar ddechrau'r ras 100 metr, cwympodd Aled Bevan i'r llawr a gwasgu'i fol – mwy na thebyg am ei fod wedi bwyta cyw iâr, reis sbeislyd, dwy lond bowlen o basta caws, a llwyth o fara, bisgedi a *hufen iâ* i ginio. Wrth i bawb arall rasio heibio, gorweddai Aled ar y llawr yn difaru bwyta'r ail fowlen o basta. O'r diwedd llwyddodd i gripio tuag at ei fam, ei drwyn yn rhedeg a'i lygaid yn llawn dagrau, ond roedd ei fam yn rhy brysur yn cuddio'u wyneb ac yn dianc tuag at gatiau'r ysgol yn llawn cywilydd.

Cafodd Bili Lewis ei wahardd o'r gystadleuaeth waywffon wedi iddo FAGLU (dyna'i esgus, beth bynnag) a thaflu'r waywffon i ganol y dorf. 'Wnes i ddim anelu at Kit-Kat Price,' mynnodd wrth y prifathro. 'Os o'n i eisie taro hwnnw, byddwn i wedi trio'n galetach.' Cafodd Lewis ei ddiarddel o'r ysgol am wythnos am fod yn haerllug.

Roedd Kylie wedi neidio i dop y rhestr yn y gystadleuaeth

saethyddiaeth. Waw!

O'r diwedd, roedd hi'n amser i'r ras 1500 metr ddechrau. Camodd Tunde'n nerfus i'r trac, â'i rif cystadlu'n sownd wrth ei grys rhedeg.

Daeth ei fêts i'w gefnogi, ond cyn iddyn nhw allu dweud gair, pwy ddaeth draw ond Cynan Parri.

'Wel, wel, wel.' Edrychwch pwy sy fan hyn? Pigog ap Wigog, athletwr gwaetha'r byd. Methu aros i dy weld di'n llyncu fy llwch i. **Bydd hyn yn grêt**.'

Cerddodd Cynan i ffwrdd.

'Anwybydda fe,' meddai Kylie.

'Ie, ti sy'n bwysig, mêt,' meddai Hef.

'Dwi wedi pwyso a mesur, ac yn ôl be dwi'n weld, does gen ti ddim llawer o siawns i'w guro fe,' meddai Jiah yn garedig. 'Ond gwna dy orau – ry'n ni gyd yn dy gefnogi di.'

Ochneidiodd Tunde. 'Diolch o galon, ffrindie!' Ond roedd e'n teimlo'n ddigon hyderus. Doedd dim ofn rhedeg arno. Roedd e'n teimlo fel petai'n gwneud y peth iawn, o'r diwedd.

Roedd y ras ar fin dechrau, felly cymerodd Tunde ei le ar y llinell gychwyn. Edrychodd draw at Cynan. Gwnaeth Cynan wyneb hyll, ond chymerodd Tunde ddim sylw.

'**TWIIIIT!**' canodd y chwiban.

Roedd y munudau nesaf fel breuddwyd.

Neidiodd Tunde 'mlaen, ac o'r eiliad honno, teimlai fel petai'n rasio'n erbyn ei hun, a neb arall. Diflannodd y rhedwyr eraill fel cysgodion, a sylweddolodd Tunde'i fod yn teimlo'n fwy hapus nag erioed o'r blaen. Roedd e'n gwenu, ei lygaid yn **DISGLEIRIO** – ac o edrych yn ofalus, edrychai fel petai ei draed bron yn **hedfan** dros y trac.

Wrth gwrs, roedd Kylie, Jiah a Hef yn gweiddi'n wyllt, ond roedd gweddill y dorf yn gweiddi nerth eu pennau hefyd. Dyma'r ras orau yn hanes yr ysgol. Roedd Tunde ar y blaen, ond yn fwy na hynny, roedd e wedi pasio'r rhai arafaf … ddwy waith.

Roedd Cynan Parri wedi gwneud ei orau i ddal ei dir ac ennill y blaen ar Tunde, ond rhoddodd y ffidil yn y to ar ôl dau gylch o'r trac. Roedd ei wyneb yn goch, pinc a phorffor, fel hufen iâ enfys yn toddi yn yr haul.

Pan groesodd Tunde'r llinell derfyn, roedd Kylie, Jiah a Hef yn disgwyl amdano.

'O't ti ar dân!' gwaeddodd Jiah. 'Roedd e fel gwylio'r cartŵn 'na â'r aderyn sy'n rhedeg ar yr hewl – dwi ddim yn cofio'i enw, ond yn union fel hwnnw!'

Roedd Kylie bron â chrio.

'Roedd hynna'n anhygoel. An-hy-goel! Roedd e fel bod ti'n rhedeg ar gymylau, Tunde! O't ti'n hedfan mas 'na – gwych. Roedd Cynan Parri'n edrych fel malwen yn trio symud drwy fwd! Dwi mor falch ohonot ti …' Taflodd ei breichiau amdano a'i wasgu'n llawer rhy dynn.

Safodd Hef yn ei unfan, yn wên o glust i glust gan ailadrodd, 'Mêt … ffam … Tunde …'. Roedd popeth yn wych. Cafodd Tunde ei arwain at fwrdd hir, a derbyn tystysgrif a medal aur gan Mr Baxter, yr athro cerdd, a Miss Mooney, y pennaeth daearyddiaeth. Roedd pawb o'i gwmpas yn curo'i gefn, a phawb yn canmol:

'Roedd hynna'n wych!'

'Lle dysgaist ti redeg mor gyflym, Tunde?'

'Dwi erioed wedi gweld neb yn rhedeg mor gyflym!'

Ond wedyn, clywodd Tunde lais yn dweud: 'Os ydych chi,

ffyliaid, yn meddwl bod hynna'n **DDA**, arhoswch tan y ras gyfnewid.'

Edrychodd Tunde ar Dembe oedd wrthi'n ystwytho ac ymestyn ac yn dangos ei hun. Hon oedd ei foment fawr, ond roedd Dembe'n ei difetha.

Heb aros i feddwl, dyma Tunde'n troi ati a dweud, 'Dwyt ti ddim wedi rhedeg eto – falle ddylet ti ddim brolio nes i ti dy brofi dy hun.'

Crechwenodd Dembe. 'Be? Ti'n ofni y bydda i'n dwyn dy ffans di i gyd? Yn torri dy record di? Yn derbyn y sylw i gyd?'

Ac yna cerddodd i ffwrdd rhwng Pauly Gore a Bili Lewis, gan adael Tunde'n tagu ar ei eiriau.

'Wel, wel, wel,' meddai llais cas. 'Dyma fe, y bachgen arbennig.' Trodd Tunde a llyncu'i boer yn nerfus. Dyna lle'r oedd Cynan Parri wedi dod i ddial arno. Ond yr eiliad honno, camodd chwe bachgen gwalltgoch, â breichiau'n llawn tatŵs, o'r tu ôl i goeden, a dechrau chwerthin am ben Cynan.

Roedd y gwalltiau'n gliw enfawr: dyma frodyr Cynan. O diar! (Roedd cliw arall i'w weld gerllaw hefyd: ei dad yn mynd i'r tŷ bach mewn llwyn rhosod). Dechreuodd bob un siarad yn sydyn un ar ôl y llall – a phob un yn giamstar ar ddefnyddio geiriau fel arfau:

'Dyma fe, Mistar Collwr McCollwr o Dre Colli.'

'O't ti'n rybish mas 'na, Cynan – wnest ti golli'r bws?'

'O't ti'n rhedeg fel taset ti wedi llenwi dy bants.'

'Wel, o'dd rhywbeth yn drewi mas 'na – ti!'

'O'dd y bachgen du â'r big fawr lot yn well 'na ti – cywilydd.'

Gwyliodd Tunde wrth i ben Cynan **SUDDO** i'w frest.

'Gadewch lonydd i fi, y rhacs!' sibrydodd.

Ond doedden nhw ddim eisiau gadael llonydd iddo – dyw brodyr mawr byth eisiau gwneud hynny. Dalion nhw ati i godi cywilydd arno nes i Cynan wylltio o'r diwedd. 'Gadewch lonydd i fi, ddwedes i – o leia fe wnes i drio!'

'Trio?? Rhedodd e heibio i ti … ddwywaith!'

'DDWYWAITH!' meddai pawb ag un llais.

Yna dechreuon nhw daro Cynan ar ei fraich, un ar ôl y llall. Fel hyn roedd y brodyr Parri'n arfer trin ei gilydd, ond i Tunde, roedd y cyfan yn edrych yn boenus. Er bod y bechgyn hŷn yn chwerthin, roedd Cynan yn goch a dagrau yn ei lygaid. Roedd rhieni Tunde bob amser yn sôn am bwysigrwydd amddiffyn y llai ffodus, a dysgu'r gwahaniaeth rhwng da a drwg. A rhaid bod eu geiriau wedi cael effaith arno, achos, heb aros i feddwl, dechreuodd Tunde redeg at y brodyr Parri a dweud, 'Stopiwch! Mae e'n cael dolur.'

Edrychodd Dennis, yr hynaf, ar Tunde, fel petai'n faw ci.

'Sori, mochyn daear, ddwedaist di rywbeth?'

Doedd Tunde ddim yn siŵr beth i'w ddweud. Trodd Dennis i gicio Cynan yn ei ben-ôl.

'Dyna ddigon!' ffrwydrodd Tunde. 'Gad lonydd iddo!'

Syllodd Cynan arno'n ddryslyd a dweud, **'CER O 'MA**, Wilkinson! Galla i amddiffyn fy hun – dwi ddim angen dy help di.'

Ac yn union fel petaen nhw eisiau profi Cynan yn anghywir, llusgodd y bechgyn eu brawd bach i ffwrdd, ac un ar ôl y llall, cydio yn ei bants a rhoi weji iddo. Gwyliodd Tunde'r cyfan yn ddigalon.

Daeth Kylie, Jiah a Hef draw, a gwylio hefyd.

'Dyw hynna ddim yn iawn,' meddai Tunde'n **siomedig**.

'Be, gwylio'r bwli'n cael ei fwlio? Mae'n wych,' meddai Kylie. 'Y peth gorau sy wedi digwydd drwy'r flwyddyn. Oni bai bod batri'r ffôn yn fflat, buaswn i wedi ffilmio'r cyfan.'

Siglodd Tunde ei ben. 'Mae'i frodyr yn waeth na fe. Ac os ydyn ni'n sefyll a'i wylio'n cael ei fwlio, ry'n ni cynddrwg â nhw.'

Cododd Hef ei ysgwyddau. 'Mêt, dyw e ddim o 'musnes i. Na tithe chwaith.'

Ond gwyliodd Tunde'r brodyr yn llusgo Cynan o dir yr ysgol i gyfeiriad y bws.

Ochneidiodd. 'Dwi'n teimlo drosto.'

'Dim cymaint â dwi'n teimlo drostot ti yr eiliad hon,' sibrydodd Jiah. Amneidiodd yntau wrth i Tunde droi yn ei unfan.

Roedd ei rieni'n anelu'n syth amdano. Doedden nhw ddim yn hapus o gwbl – roedd hynny'n amlwg o bell. Chwythai gwallt Affro Ruth yn y gwynt wrth iddi frasgamu tuag atyn nhw, ac roedd wyneb difrifol Ron yn dod yn nes ac yn nes.

Dechreuodd Kylie sibrwd o dan ei hanadl:

'Cofia, Tunde, paid â bod ofn. Mae OFN yn llwybr tywyll.'

Llyncodd Tunde'n nerfus. Haws dweud na gwneud, yn enwedig yn achos Mam.

6

Y CHWILIWR

Edrychodd Y Chwiliwr – fe oedd wedi dewis yr enw – ar ei adlewyrchiad yn y drych. Ers pryd oedd e yma? Doedd ganddo ddim syniad. Doedd amser y Ddaear yn golygu dim i'r Chwiliwr na'i holl rywogaeth – gwyddai fod y blaned yn tywyllu ac yna'n goleuo eto, a bod y lleuad a'r haul yn achosi hyn. Ond doedd y Chwiliwr yn deall dim am oriau, munudau nac eiliadau.

Roedd ei fol yn dweud wrtho pan oedd hi'n **AMSER BWYD**, ac roedd e'n synhwyro mai'r nos oedd yr amser gorau i hela – hoffai ddilyn ei ysglyfaeth drwy'r coed. Roedd y pethau bach llwyd â'r cynffonnau mawr yn debyg iawn i greaduriaid ar ei blaned e, ond doedd y creaduriaid hyn ddim yn defnyddio rocedi na laserau, felly roedden nhw'n haws i'w hela.

Roedd Y Chwiliwr wedi blasu llawer o anifeiliaid yn yr ardal hon, ac roedd e wedi darganfod llawer o bethau diddorol.

Roedd e wedi stelcian yn aflwyddiannus ar ôl anifail mawr â thethau'n hongian dan ei fol. Pan geisiodd frathu'r anifail, cafodd ei gicio'n bendramwnwgl i'r llwyni, wrth i'r anifail gadw sŵn **MWWWW!** am yn hir, er nad oedd hynny'n gwneud unrhyw synnwyr iddo. Doedd yr anifeiliaid gwyn oedd yn dweud

MEEEE! ddim yn gwneud synnwyr chwaith. Roedden nhw'n edrych yn dew ac yn flasus, ond ar ôl ceisio profi un, penderfynodd y byddai'n well siafio'r creadur yn gyntaf.

Er gwaethaf hyn i gyd, roedd Y Chwiliwr wedi goroesi yma ar Y DDAEAR. Ond teimlai fod **amser yn brin**. Roedd yn rhaid iddo gael gafael ar y cyw. Roedd pawb yn dibynnu arno.

Difarodd ei fod wedi troi'i gefn ar yr Arweinydd Aruchel yng nghanol y frwydr, ond y gwir oedd mai llwfrgi oedd Y Chwiliwr. Doedd e ddim yn mwynhau ymladd o gwbl.

Na, diplomydd Ffwraidd oedd Y Chwiliwr arbennig hwn. Ei ddyletswydd oedd atal y **brwydro diddiwedd** rhwng yr Adaarol a'r Ffwriaid, ei bobl e. Yn eu doethineb, roedd menywod y ddwy garfan wedi dod at ei gilydd i alw am heddwch. Cam gwerthfawr iawn – er edrychai hynny'n hollol amhosib.

Yn ddiweddar, serch hynny, tybiai'r Chwiliwr fod newid ar droed. Roedd y naill ochr a'r llall yn dechrau cael digon ar ryfela. Roedd rhai'n galw o ddifri am heddwch. Ym marn Y Chwiliwr, roedd y trafodaethau'n llwyddo, a'r ddwy rywogaeth, o'r diwedd, yn fodlon siarad â'i gilydd. Efallai, rhyw ddydd, y byddai'r Rhyfel Diddiwedd yn dod i ben.

Wrth gwrs, roedd eraill eisiau i'r gwrthdaro barhau am byth. Cafodd Y Chwiliwr ei atgoffa o hen ddywediad Ffwraidd: 'mae'n well gan rai sgramo a brathu na chysgu a chanu grwndi …'

Ond roedd Y Chwiliwr yn dal yn obeithiol, yn enwedig os gallai ddod o hyd i'r Arweinydd a'r cyw.

Syllodd Y Chwiliwr ar ei adlewyrchiad yn y drych unwaith eto, gan dynnu'i fenig dur, codi'i hwd ac edmygu'i hun. Yn ei farn e, roedd e'n edrych **yn fendigedig!** Roedd ei wyneb fel melfed, ei wisgers yn hir a chyrliog, a'i drwyn yn driongl perffaith. Fflachiai'i ddannedd, yn wyn a llachar a miniog fel rasel. Canodd grwndi'n hapus, a'r sŵn yn rholio o'i frest a'i geg.

Clywodd rywbeth yn symud gerllaw cyn codi'i hwd yn sydyn er mwyn cysgodi'i wyneb; gwisgodd ei fenig dur, ac aros.

Daeth dyn i mewn, a defnyddio'r tŷ bach. Nodiodd y Ffwriad ei ben a gan ofalu cuddio'i wyneb fel y gwelodd eraill ar y blaned hon yn gwneud wrth gyfarch dieithriaid, gwnaeth sŵn isel ac aneglur. Nodiodd y dyn ei ben mewn ymateb.

Gadawodd Y Chwiliwr y tŷ bach, gan gadw'i ben i lawr wrth basio'r ysgrifenyddes yn y swyddfa. Mwmialodd yr ysgrifenyddes yn biwis mai dim ond aelodau oedd yn cael defnyddio'r tai bach – 'clwb golff PREIFAT yw hwn wedi'r cwbl …'

Doedd ganddo ddim syniad am beth roedd hi'n sôn, felly anwybyddodd hi a brysio tuag at yr coed gerllaw. Dringodd goeden mewn cyfres o symudiadau chwim ac eistedd ar gangen drwchus. Canodd grwndi'n dawel.

Yna dechreuodd chwilota yn ei glogyn am declyn bach tebyg i focs. Ar hwn roedd e'n cofnodi ei hanes ar y Ddaear. Chwifiodd ei bawen dros y botymau er mwyn dechrau'r recordiad, a siarad yn yr iaith Ffwreg.

'Rydw i, Juba, sy'n cynnal trafodaethau heddwch rhwng y bodau Ffwraidd ac Adaarol, yn dal i guddio yn y goedwig hon. Mae'r coed yn llawn creaduriaid bach â chynffonnau hir, a chreaduriaid mawr sy'n dweud dim byd ond MW neu MEEE, sy'n amhosib cyfieithu. Nid nhw yw arweinwyr y blaned, mae'n amlwg.

Mae bodau pwysig y blaned hon yn fawr, a'r rhan fwyaf

ohonyn nhw'n fodau gwelw. Maen nhw'n stelcian drwy'r goedwig, ac yn taro gwrthrychau bach crwn â ffyn nes bod y pethau crwn yn hedfan i ran arall o'r coed, lle mae 'na dwll bach yn aros amdanyn nhw. Does gan sawl un ddim clem. O bosibl mai dyna sut maen nhw'n dewis eu harweinwyr newydd.'

Ystyria'r Chwiliwr y cyfan am eiliad, cyn mynd yn ei flaen.

'Os ydw i am ddarganfod y cyw a'r Arweinydd, bydd rhaid i fi archwilio'r ardal hon yn drylwyr, achos dwi'n siŵr bod fy ncheclyn trafnidiaeth wedi mynd â fi'n bell o'r man lle glanion nhw. Y peth cyntaf i'w wneud yw –'

Cyn iddo orffen siarad, clywodd Y Chwiliwr lais yn gweiddi 'PÊL!' a saethodd pêl fach wen drwy'r gwyrddni a'i daro ar ei dalcen. **CRAC!**

'AW! AW! DIM ETO!' gwaeddodd, a bron â chwympo o'r gangen.

Crawciodd sawl brân ar gangen gyfagos. Bron fel petaen nhw'n chwerthin.

Gwgodd Juba'n gas arnyn nhw, a chan godi'i drwyn trionglog tynnodd sawl pêl fach wen o boced ei glogyn. Taflodd un o'r peli drwy'r awyr i'r pellter. Clywodd y rhyfelwyr â'r ffyn yn ymlwybro tuag at y twll bach. Syllodd ar y brain dwl – ac yna cafodd syniad. Chwifiodd ei bawen dros y teclyn recordio unwaith eto.

'Juba, y twpsyn! Mae'r ateb yn amlwg. Mae'r Adaarol yn perthyn i bob creadur adeiniog. Bydd rhaid i fi deithio'n bell, a gwylio'r adar i weld a ydyn nhw'n gwneud rhywbeth anghyffredin. Dyna'r ffordd i ddarganfod yr Arweinydd a'i gyw. Mae'r cyw bron â thyfu i fyny erbyn hyn.'

Pan ddaeth y nos, gadawodd Juba'r coed dan fantell y tywyllwch.

Cripiodd i mewn i un o gerbydau'r bodau dynol. Roedd y cerbyd yn fawr a chanddo lawer o olwynion, dau lawr, a seddau â digon o le i guddio oddi tanyn nhw.

Disgynnodd Y Chwiliwr o'r cerbyd mewn canolfan o adeiladau lliwgar a phrysur. O'i flaen gallai weld adeilad yn llawn posteri, sgriniau a bysellfyrddau (tebyg iawn i'w declyn cyfieithu bach). Roedd arwydd mawr y tu allan i'r adeilad.

Chwifiodd ei declyn cyfieithu dros yr arwydd ac edrych ar y sgrin. Daeth y gair 'Llyfrgell' i'r golwg, a'r diffiniad: Gwarchodwyr ysgrifau'n llawn gwybodaeth ac adloniant.

Gwnaeth y teclyn sŵn uchel.

PING!

Bron fel petai'n moesymgrymu.

Tybed a allai ddod o hyd i'r atebion i'w gwestiynau yn y 'llyfrgell'? Aeth i gysgu dros nos ar ben to gerllaw.

Y bore wedyn, cerddodd i mewn i'r llyfrgell, heb dynnu sylw neb. Daeth o hyd i gyfrifiadur, plygio'i declyn cyfieithu i'r ochr a dechrau sganio am unrhyw beth anarferol – a PING! Unwaith eto, roedd ei declyn cyfieithu wedi gwneud gwaith da.

Petai rhywun wedi edrych dros ei ysgwydd yr eiliad honno, bydden nhw wedi gweld rhesi o oleuadau'n sganio erthyglau papur newydd a lluniau a'u troi'n sgwigls – sef yr iaith Ffwreg.

Darllenodd Y Chwiliwr yr erthygl. Ar y sgrin roedd llun

o adar **bach** yn ffurfio siâp rhyfedd yn yr awyr. Darllenodd yr erthygl:

ARWYDD YN YR AWYR!

Mae ffotograffwyr amatur lleol wedi tynnu llun rhyfeddol o grŵp mawr o ddrudwyod yn creu arwydd yn yr awyr. Dywedodd cynrychiolydd ar ran yr Athrofa Adareg Frenhinol mai llun ffug neu jôc ffŵl Ebrill oedd hwn.

'Mewn gwirionedd, nid dyna'r tro cyntaf i adar ymddwyn yn rhyfedd yn yr ardal hon … Ond dydy adar ddim fel arfer yn ffurfio siapiau doniol a chyfleus i blesio ffotograffwyr,' meddai. 'Mae'n amlwg taw tric Photoshop gan dwpsyn â gormod o amser hamdden yw hwn.'

Wrth i Juba ddarllen yr erthygl, dechreuodd gynhyrfu. Rhaid mai hwn oedd y lleoliad cywir! Rhaid bod y cyw wedi **CYRRAEDD** yn ddiogel, ac yn byw yng nghanol bodau dynol. Rhaid ei fod wedi cyfathrebu â'r adar lleol, a'i fod bellach yn eu rheoli.

A nawr, y cyfan oedd angen i Juba wneud oedd dod o hyd i'r cyw, actifadu'i sgiliau **arbennig**, dweud wrtho fod ei dad wedi cael ei garcharu, ac egluro mai eu cyfrifoldeb nhw oedd ei achub. A hefyd – a dyma'r peth **PWYSICAF OLL** i

Juba – y cyw hwn yn unig allai ddod â'r rhyfel diddiwedd i ben.

Syml.

Gwasgodd Juba fotwm ar ei arddwrn gan wneud i feicroffon godi o dan ei ên. Siaradodd:

'Wedi lleoli'r cyw. Bydda i'n anfon manylion y lleoliad, wedyn bydd angen i ni gwrdd. Iawn?'

Wrth wasgu'r botwm unwaith eto, fflipiodd y meicroffon o'r golwg. Roedd llawer o waith i'w wneud.

COSB, GEMAU, GOLIAU, A MYND AR GOLL

Gobaith Tunde oedd y byddai'i rieni'n deall pam y cymerodd e ran yn y ras 1500 metr, ond chwalwyd y gobaith hwnnw'n llwyr. Er iddo wneud ei orau i esbonio, cafodd Tunde'i gosbi. Châi e ddim mynd allan o'r tŷ heb ganiatâd.

Neu, fel y dywedodd Hef ar y ffôn: 'Mêt, fe gest ti **lond pen a hanner**, yn do?'

Ond dyma'r peth rhyfedd: er nad oedd Ron a Ruth yn fodlon iddo adael y tŷ, roedden nhw'n hapus i wahodd ffrindiau Tunde draw yno. 'Gofyn i dy ffrindiau,' meddai Ruth. 'Ddylet ti gael rhyw fath o gwmni.'

Er bod hyn yn achosi penbleth i Tunde, cododd Hef ei **YSGWYDDAU**.

'Mêt, ti sy'n cael dy gosbi, nid ni. Mae'n iawn i ni ddod draw i dy weld di.'

Rai diwrnodau'n *ddiweddarach*, daeth mam Tunde adref â gêm gyfrifiadur newydd. Taflodd y gêm ar ei wely. Doedd dim bocs, pamffled, logo na dim.

'O'n i'n meddwl byddet ti a dy ffrindiau'n hoffi hon,' meddai. 'Brwydr Ofod LL.O.N.G.I. yw'r enw. Rhywbeth newydd ry'n ni wedi'i gynllunio yn Y Safle – gêm am ryfelwyr yn y gofod. Gei di chwarae ar dy ben dy hun, neu gyda dy ffrindiau fel tîm. Dyw'r gêm … ymmm … ddim yn y siopau eto.'

Gwyliodd Tunde'i fam yn gadael. Byddai wedi hoffi chwarae'r gêm gyda hi, ond roedd Ruth yn dal yn grac ar ôl iddo dorri'r rheolau. Am wythnos gyfan, bob tro roedd hi'n gweld Tunde, roedd hi'n siarad ar ras wyllt, yn acen Jamaica, yn union fel ei mam hithau, ac yn dweud:

'Dwi-ddim-yn-gwbod-pa-fath-o-dŷ-ti'n-meddwl-yw-hwn-ond-dyw-e'n-bendant-DDIM-y-math-o-dŷ-lle-mae-pwtyn-bach-yn-defnyddio-llais-mawr-yn-erbyn-ei-rieni-ac-yn-cicio-cadeiriau-i'r-llawr-fel-petai-e'n-ddyn-mawr-neu-rywbeth.'

Roedd hi'n codi ofn ar Tunde pan oedd hi'n siarad fel hyn, felly cadwodd allan o'r ffordd am dipyn. O'r diwedd, ar ôl iddi stopio *gwgu* arno'n gas, ac ar ôl iddi roi'r gêm newydd iddo, dechreuodd swnio fel ei fam unwaith eto.

Felly, dangosodd Tunde'r gêm, Brwydr Ofod LL.O.N.G.I., i'w ffrindiau. Gwasgodd fotwm a dyma **LAIS YN DWEUD**: 'Mae'r Llong Ofod Naid-blanedol Glyfar Iawn yn barod i fynd. Hoffech chi chwarae?'

I ddechrau, roedd y criw o'r farn fod y gêm yn … 'llai na gwych'.

'Mêt, beth yw hwn?' holodd Hef. 'Does dim logo na dim, ac mae'n edrych fel petai rhywun wedi'i greu e yn y garej.'

'Ydy,' meddai Kylie'n amheus. 'Ife rhyw rwtsh addysgol yw e?'

'Gwranda,' meddai Jiah. 'Dyw Tunde ddim yn cael gadael

y tŷ, felly mae'n rhaid i ni aros gydag e. Does dim byd arall i'w wneud. Felly man a man i ni chwarae'r gêm, ie?'

Aethon nhw i stafell wely Tunde, gyda Kylie'n defnyddio'r lifft cadair olwyn adeiladodd Ron a Ruth yn arbennig ar ei chyfer.

'Ydy dy fam yn gallu gwneud i hwn symud yn **GYFLYMACH**? Mae e'n llai-na-llai-na-gwych.'

Dysgodd y criw reolau'r gêm yn gyflym, ac roedd hi bron fel petai hi wedi'i chreu ar eu cyfer nhw. Gwisgon nhw'r **gogls** a'r breichledau a dilyn y cyfarwyddiadau ar y sgrin 3D.

Defnyddiodd Jiah ei sgiliau mathemategol i ddatrys bob problem a **dangos y ffordd**. Roedd Kylie'n beilot gwych ac roedd Tunde a Hef yn defnyddio'r arfau fel arbenigwyr go iawn.

Roedd y gêm yn hwyl a'r sgwrsio'n ddoniol iawn.

'Ar dy ochr chwith di, Tunde – AR Y CHWITH!'

'Fy chwith i neu eu chwith nhw?'

'DY CHWITH DI!'

'Iawn, diolch.'

'Pods am ddeg o'r gloch.'

'Be? Deg o'r gloch fel ar gloc?'

'Na, fel ar draed!'

'Ocê, wedi'u gweld nhw. I'r porthol nawr!'

'Wedi mynd! O ie – Ni'n **cŵl**, beibi!'

'Pwy sy'n siarad fel 'na? Hefyd, dwi eisie mynd i'r tŷ bach. Mae'n fy helpu i feddwl.'

'Neu'n dy helpu di i ddrewi.'

Ymhen dim, roedd y criw'n dwlu ar Brwydr Ofod

LL.O.N.G.I. Roedden nhw'n gallu tanio i'r gofod, archwilio'u lleoliad a darganfod y gelyn heb hyd yn oed siarad. Roedden nhw'n gweithio fel tîm. Bob dydd yn yr ysgol roedden nhw'n **trafod**, a chynllunio strategaethau gwahanol. Roedd y gêm yn llenwi'u pennau.

Yn y cyfamser, roedd Tunde wedi gwneud rhywbeth drwg. Nid herwgipio awyren na dwyn arian o'r banc nac esgus bod yn llawfeddyg (er ei fod wedi ystyried gwneud hynny weithiau). Na. Roedd Tunde wedi dechrau mynd i sesiynau ymarfer **y tîm pêl-droed**. Roedd Hef wedi'i berswadio i dorri'r rheolau, a Tunde wedi cytuno. Doedd e ddim eisiau ypsetio'i rieni unwaith eto, ond roedd e'n gwybod yn union beth oedd e eisiau. Na, nid prynu mega-byrgyr-anferth-sobor-o-seimllyd o'r bwyty cyflym i lawr y lôn, ond chwarae pêl-droed, ie, yn syml iawn, dyna beth oedd e eisiau: chwarae pêl-droed.

Derbyniodd Mr Gruffudd e i'r tîm ar ôl un treial. **Doedd dim byd i'w golli**. Wedi'r cyfan, allai tîm yr ysgol ddim bod yn waeth. Er bod Hef yn chwarae ei orau glas, roedden nhw'n hofran ar waelod y gynghrair.

Felly, ymunodd Tunde â'r tîm, a mwynhau bob eiliad.

Ond roedd un broblem fach – roedd aelodau newydd **eraill** ar y tîm.

Un o'r aelodau newydd hynny oedd Cynan Parri! Aelod arall oedd Dembe. Roedd hi'n gallu cicio'r bêl â'i dwy droed a doedd hi ddim yn ofni taclo na chwarae'n frwnt. Er i Tunde drio'i chanmol, doedd hi'n cymryd dim sylw.

'Hei, Dembe! Tacl wych!' gwaeddai Tunde, ond bob tro,

byddai Dembe'n edrych yn syth drwyddo, yn union fel petai'n ffenest.

Teimlai fel cymeriad o un o jôcs Dad:

Claf: *Doctor, dwi'n meddwl 'mod i'n anweledig.*
Doctor: Pwy ddwedodd hynna?

Ond doedd dim ots gan Tunde a oedd Dembe yn ei hoffi neu beidio. Roedd e'n benderfynol o fod yn ffrind iddi.

'Mae hi mor cŵl,' meddai wrth ei fêts ar ôl yr ymarfer, gan wylio Dembe a Cynan yn chwerthin gyda'i gilydd.

'Ydy,' meddai Hef. 'Mae hi'n rhy hoff ohoni'i hun ond mae gyda hi ddigon o sgiliau. Mae hi wastad ar y bêl.'

'Mae hi'n pasio'n dda,' cyfaddefodd Kylie. 'A dyw hi byth yn colli'r bêl.'

'Mae hi fel Ronaldinho,' meddai Jiah. 'Pe bai gan Ronaldinho wallt melyn a ffordd sarcastig o siarad.'

Yr unig beth gwael am yr ymarferion oedd Cynan Parri. Roedd Cynan yn boen anferthol yn y pen-ôl. Ond roedd Mr Gruffudd yn cynnwys Cynan yn y tîm bob tro am ei fod e'n 'awchus' a 'llawn egni' ac yn 'ddewr', hyd yn oed pan oedd y tîm arall fel haid o fleiddiaid. Yn y gemau ymarfer, roedd Cynan yn chwarae mor frwnt, roedd e'n ymosod ar ei dîm ei hun.

'Ry'n ni i gyd ar yr un ochr fan hyn, Cynan,' meddai Mr Gruffudd. 'Plis paid â chicio pennau dy **gyd-chwaraewyr!**'

Ond roedd Cynan yn dadlau, gweiddi, twyllo, a gwthio pwy bynnag oedd yn rhedeg heibio iddo. Doedd gan Cynan ddim cyd-chwaraewyr – dim ond gelynion. A doedd e ddim yn hapus i weld Tunde ar y tîm. Cwynai wrth ei ffrindiau drwy'r amser.

'Methu credu'i fod e wedi dewis Pigog-sawrws rex,' mwmialodd. 'Sgwn i pam.'

'Falle'i fod e'n teimlo drosto,' meddai Bili Lewis.

'Ti'n moyn i fi'i faglu e a'i gicio yn y coesau?' holodd Pauly Gore.

'Flysio'i git lawr y tŷ bach?' awgrymodd Sanjay Khan.

'Na, gadewch bopeth i fi. Wna i sortio fe,' ochneidiodd Cynan. 'Rhaid eu bod nhw wedi dewis Tunde am ryw reswm. Man a man i ni aros i weld pam.'

Wrth **ymarfer** dros y misoedd nesaf, daeth yn amlwg iawn fod y tîm yn gwella. Gyda Tunde a Hef yn y rhes flaen a Dembe'n chwarae 'fel saws tsili' ('Mae hi'n derbyn y bêl ac yn **RHOSTIO** pawb arall,' yn ôl Hef), roedd y tîm yn chwarae'n well nag erioed. Allai Mr Gruffudd ddim credu'r peth. Pe bai pawb yn cydweithio fel ffrindiau, yn lle rhwystro'i gilydd, gallai'r tîm fynd yn bell.

Sylwodd Tunde fod gêm Brwydr Ofod LL.O.N.G.I. yn ei helpu e a Hef i chwarae'n well. Roedden nhw bron yn gallu darllen meddyliau'i gilydd wrth gicio'r bêl 'nôl a 'mlaen. Yn lle pasio'r bêl yn syth at Hef, roedd Tunde'n cicio'r bêl i'r union fan lle byddai Hef yn sefyll ddwy eiliad yn ddiweddarach.

O'r diwedd, penderfynodd Mr Gruffudd mai dyma'r amser i'r tîm chwarae'n erbyn gwrthwynebwyr go iawn. Roedd Ysgol

Dewi Sant, ysgol leol i fechgyn, am ddod i chwarae gêm rhag-bencampwriaeth.

Pe bai'r tîm yn gallu curo Ysgol Dewi Sant, bydden nhw'n sboncio i fyny'r gynghrair, ac yn cael eu dyrchafu o'r gynghrair 'Anghofiwch amdanon ni, ry'n ni'n **anobeithiol!'**

Ond yna, digwyddodd trychineb … a'u cnoi, yn union fel crocodeil ffyrnig yn disgyn o'r awyr.

Un diwrnod, roedd Hef yn ymarfer ei sgiliau trafod pêl ar y ffordd i'r safle bws pan faglodd dros garreg **LETCHWITH** ar y palmant a brifo'i ffêr. 'Ond fe lwyddais i gadw'r bêl yn yr awyr, cofia!'

Lledaenodd y newyddion drwg o gwmpas yr ysgol fel tân gwyllt. Yn ystod ymarferion y prynhawn hwnnw, cerddodd Mr Gruffudd ar y cae yn ei dracwisg goch, gan wneud i Cynan Parri sibrwd yn ddigon uchel i bawb ei glywed:

'Mae'n edrych fel tomato mewn treinyrs.'

Chymerodd Mr Gruffudd ddim sylw.

'Reit 'te, bawb, 'na ddigon. Mae Hef wedi brifo'i ffêr ac yn methu chwarae'r wythnos hon. Mae hynny'n golygu newidiadau.'

Teimlodd Tunde ei galon yn curo'n wyllt. Roedd e'n chwarae'n dda pan oedd Hef ar y cae – ond beth fyddai'n digwydd nawr? Fyddai popeth yn chwalu'n rhacs?

'Felly,' meddai Mr Gruffudd, 'Dembe, byddi di yn y rhes flaen gyda Wilkinson, a Parri, byddi di'n chwarae fel mynni di yn y canol.'

Crechwenodd Dembe ar Tunde.

'Bydd rhaid i ti weithio'n galetach i fi nag i Hef,' meddai.

'Cofia basio'r bêl at 'y 'nhraed i, nid deg metr o 'mlaen i. Dim Gareth Bale ydw i.'

Yna dyma hi'n sylwi fod Cynan yn gwgu arni am siarad â Tunde a throdd ei chefn …

Aeth pawb ati i ymarfer o ddifri yr wythnos honno. Yn lle chwarae'n waeth heb Hef, datblygodd Tunde sgiliau newydd. Chwaraeodd yn well nag erioed. Roedd e'n gyflymach na phawb arall ar y tîm, o ran corff a meddwl. Gallai Tunde bron **ddarllen meddyliau** ei wrthwynebwyr. Roedd e a Dembe'n gweithio'n dda gyda'i gilydd.

Ond cafodd hyn effaith ofnadwy ar Cynan. Yn gyntaf, roedd e'n anhapus, yna gwylltiodd yn gandryll, a baglu a chicio pawb oedd yn sefyll yn ei ffordd, **ffrind neu beidio**.

Sylwodd Mr Gruffudd ar hyn, ond roedd Cynan yn un anodd ei drin, yn union fel ei frodyr mawr – felly doedd dim y gallai'i wneud ond gwasgu'i ddannedd yn dynn a breuddwydio am y diwrnod y byddai'n gadael yr ysgol. Y diwrnod hwnnw, byddai parêd bendigedig gyda band a **thân gwyllt** … ac arwyddion â'r geiriau 'HWYL FAWR, PARRI!' a 'DIM PANTS DROS Y PEN BYTH ETO – HWRÊ!'

Roedd pawb arall wedi sylwi ar ymddygiad Cynan. Ar ôl yr ymarfer un diwrnod, aeth Dembe i gael gair ag e y tu fas i'r stafelloedd newid.

'Mêt,' meddai, ''dan ni ar yr un tîm. Jyst ymlacia. Cafodd y boi 'na lygad ddu gyda ti bore 'ma.'

Cododd Cynan ei ysgwyddau. 'Syrpréis, syrpréis, ti mewn cariad â Pigog hefyd. Wel, dwi ddim yn synnu – chi'n edrych

mor debyg i'ch gilydd. *Ti* ddylai ymlacio, nid fi. Dy'n ni ddim ar yr un tîm. Dwi'n chwarae i fi fy hun a neb arall.'

Cododd ar ei draed a dechrau brysio i ffwrdd.

Ond wrth i Cynan **gyrraedd** drws yr stafell newid, gwelodd fod Tunde'n sefyll yn y ffordd. Synnodd Cynan (a Tunde hefyd) wrth deimlo llaw Tunde ar ei **ysgwydd**.

'Cynan, beth am anghofio hyn i gyd a chwarae fel tîm, ie? Ennill y gêm sy'n bwysig, nid ti a fi!'

Ysgydwodd Cynan y llaw i ffwrdd.

'Be ti'n meddwl ti'n wneud, Pen-Pigog? Cer o 'ma. Ti o ddifri?' holodd Cynan, gan wthio heibio i Tunde. Yn galed. Edrychodd Dembe a Tunde ar ei gilydd a rholio'u llygaid.

'Dwi 'di trio, o leia,' meddai, 'ond dyw e ddim yn moyn bod yn ffrindiau.'

Ochneidiodd Dembe a rhedeg ar ôl Cynan. 'Hei, Parri!' **gwaeddodd**. 'Ti'n waith caled ambell waith. Na – nid ambell waith – drwy'r amser …'

'Ar ba ochr wyt ti go iawn, Dembe?'

'Dy ochr di, twpsyn! Mae'r pennaeth wedi rhoi caniatâd i'r ysgol i gyd wylio'r gêm 'ma – beth am i ni drio ennill am unwaith, er mwyn pawb?'

Am eiliadau hir ddywedodd Dembe a Cynan yr un gair. **DYCHMYGODD** Tunde'r ddau'n gwgu'n gas ar ei gilydd. Yna brysiodd Cynan i ffwrdd gan **fwmial** y gair 'Bradwr!' dan ei anadl yn grac. Sbeciodd Tunde i lawr y coridor a gweld Dembe'n dilyn yn araf.

Roedd gêm brynhawn fory'n mynd i fod yn hwyl.

Ar brynhawn y gêm, daeth grŵp mawr o ddisgyblion ac athrawon i'r cae. Roedd rhai rhieni yno hefyd, a'r dorf i gyd yn llawn cyffro.

Roedd rhywun arall yng nghanol y dorf. Rhywun mewn côt fawr a chlogyn â hwd, rhywun â chrafangau yn cuddio yn ei fenig dur.

Cymerodd Y Chwiliwr ei sedd wrth i'r gêm ddechrau. Doedd e ddim yn siŵr o'r rheolau, ond gwyliodd

Tunde'n rhedeg, neidio, a gwibio heibio pawb arall ar y cae. Roedd yn amlwg fod y cyw'n chwarae fel petai ei holl ddyfodol yn dibynnu ar ennill y gêm.

A falle'i fod e'n iawn – ond doedd y cyw ddim yn gwybod hynny eto.

Aeth y dorf yn wyllt. Pwy feddyliai fod Wilkinson yn seren? Atseiniodd y bloeddiau o gwmpas y cae.

'Cer amdani, Tunde!'

'Drycha ar Pigog yn rhedeg!'

'Ie, mêt! Ie, ie, ie!' (Hef oedd hwn, yn chwifio'i freichiau o'r ystlys.)

Wrth i'r gêm fynd yn ei blaen, gwylltiodd Cynan yn fwy fyth. Doedd e'n gwneud dim ond twyllo a gwthio pobl oddi ar y bêl pryd bynnag y gallai. Doedd y reff ddim wedi sylwi – yn amlwg, doedd hi ddim yn gweld yn dda iawn – ac roedd hi hyd yn oed yn edrych i gyfeiriad arall pan benderfynodd Cynan daclo Tunde, ei gyd-chwaraewr. Slapiodd Mr Gruffudd ei dalcen ei hun mor galed nes i'w frêns bron â neidio allan o'i glustiau.

'Be ti'n wneud, Parri?' gwaeddodd. Tybed a oedd hi'n werth cael anifail gwyllt fel Cynan ar y tîm, yn enwedig os oedd e'n benderfynol o frathu'i gyd-chwaraewyr?

Ond rai munudau'n ddiweddarach, anghofiodd Mr Gruffudd am hyn i gyd: roedd Tunde wedi sgorio gôl anhygoel gan gicio'n uchel, a'i goesau'n troi fel olwynion beic, wrth i BAWB yn Ysgol y Cwm i'r awyr, gan weiddi, bloeddio a dawnsio.

'Iei!' sgrechiodd Mr Gruffudd. 'Ieeeeeei!'

Ond daeth y chwerthin i ben yn sydyn. Sgoriodd bachgen gwallt-cyrliog, tal-fel-jiráff o'r enw Dafis ddwy gôl i Ysgol Dewi Sant. Dathlodd Dafis drwy fflipio'n ôl a 'mlaen, glanio ar ei ddwylo, ac yna cicio'n ôl fel mul. Stopiodd pawb i wylio'n syn.

Wrth i'r chwiban ganu, ochneidiodd pawb mewn rhyddhad.

'Hanner amser,' meddai Mr Gruffudd. **'Diolch byth.'**

Dilynodd e'r tîm i'r stafell newid. Roedd pawb yn bwyta orenau neu fisgedi ac yn llowcio sgwash oren. Roedd eu wynebau'n hir.

Herciodd Hef i mewn. Safai Mr Gruffudd yng nghanol y stafell, yn gwylio pawb yn bwyta.

'Chwarae gwych, Tunde,' meddai'r athro. 'A Dembe, gwaith da hefyd. Ond pawb arall – beth yn y byd sy'n bod arnoch chi? Canolbwyntiwch! Chwaraewch fel tîm! Edrychwch ar ôl eich gilydd. Mae'r holl ysgol yn ein gwylio ni'r prynhawn 'ma. Dyma'n siawns ni i godi o waelod y gynghrair a bod yn falch o'n hunain am y tro cyntaf ers oes!'

Syllodd y tîm ar eu traed.

Trodd Mr Gruffudd at Cynan nesaf.

'Parri – nid ti yw'r unig chwaraewr ar y cae. Cofia hynny er dy les dy hun. Pasia'r bêl i Tunde neu Dembe. Iawn?'

Yna eiliad o **dawelwch**. Gwgodd Cynan, a dechreuodd Hef siarad cyn iddo allu stopio'i hun.

'Ie, Cynan, gad i Tunde a Dembe wneud y gwaith a stopia fod yn rhech, iawn?'

Syllodd Cynan yn gas ar Hef.

'Bydden ni'n ennill, penbwl, oni bai dy fod ti wedi cwympo dros garreg fach, fach.'

Siglodd Hef ei ben, gan achosi i'r cudynnau gwallt ar ei ben fownsio i fyny ac i lawr.

'Wel, dwi ddim yn chwarae, deall? Mae i fyny i chi. Mae Mr Gruffudd yn iawn – canolbwyntiwch – neu byddwn ni'n colli.'

Agorodd Cynan ei geg i ddweud rhywbeth cas, ond yn sydyn daeth cnoc ar y drws. Roedd hi'n ddiwedd hanner amser. Gadawodd y tîm y stafell. Curodd Aled Bevan gefn Tunde wrth basio, a gwnaeth rhai o'r lleill yr un peth. **Llyncodd** Dembe lond ceg o ddiod o'i photel cyn codi.

'Gwranda. Dim ond ni sy'n gallu ennill hon nawr. Achos, dwi ddim eisie dweud hyn wrth y lleill, ond maen nhw'n warthus.'

Edrychodd Tunde arni a nodiodd.

Gwenodd Dembe. 'Dere. Bant â ni – mae'n bryd i ni ddangos ein sgiliau.'

Roedd yn amlwg fod cyfarfod hanner amser Ysgol Dewi Sant wedi bod yn llawer mwy ffyrnig nag un Ysgol y Cwm – y math o gyfarfod lle mae'r hyfforddwr yn **taflu** bin ar draws y stafell newid, fel sy'n digwydd mewn ffilmiau. Roedd y tîm arall yn **LLAWN EGNI**. Roedden nhw **AR DÂN**. Roedden nhw'n edrych yn holl-bwerus.

Am funudau cyntaf yr ail hanner, dechreuodd Ysgol Dewi Sant neidio, cicio a phasio, yn union fel petai'r hyfforddwr wedi bygwth eu gyrru i Siberia.

Roedd rhaid i Ysgol y Cwm weithio'r un mor galed, ac fe wnaethon nhw'n lled dda. Roedd y dorf wrth eu boddau, yn ymgolli yn y gêm.

Pawb ond un.

Doedd gan Juba ddim syniad am reolau pêl-droed, ac erbyn diwedd yr hanner cyntaf, roedd e'n teimlo braidd yn oer ac wedi diflasu. Ond ar ôl gwneud pwt bach o ddarllen yn ystod hanner amser, daeth i ddeall patrwm y frwydr a dod i adnabod y rhyfelwyr. Sganiodd Juba'r cae.

Gwelodd y cyw ar unwaith. Roedd y cyw – y deallodd Juba mai Tunde oedd ei enw yn ôl y dorf – wedi cael y sffêr gan y ferch athletaidd. Yna rhuthrodd bachgen hynod o dal â ffwr sinsir at Tunde a dwyn y sffêr oddi arno. Triodd gicio'r sffêr rhwng y ddau bostyn, gan fethu'n llwyr.

Ond y tro nesaf i'r bachgen sinsir drio taclo Tunde, hedfanodd y sffêr i'r awyr ac unwaith eto, llwyddodd Tunde i gicio'r sffêr dros ei ben a – **BAM!** Sgoriodd. Taranodd y bêl i mewn i'r gôl.

'BANANAS!' meddai teclyn Juba. Roedd y dorf wedi mynd yn *BANANAS!*

Nodiodd Juba'n araf. Hwn, yn bendant, oedd cyw yr Arweinydd Aruchel. Roedd e'n hollol siŵr.

O'r diwedd, a'r gêm bron â gorffen, roedd y sgôr yn 4–4. Roedd popeth yn dibynnu ar y munudau nesaf, ond yna glaniodd y bêl wrth draed Cynan Parri, oedd yn edrych mor goch a thruenus ag enillydd loteri sydd newydd **fflyshio**'i docyn lawr y tŷ bach.

Rhedodd Cynan lawr y cae, gan ochrgamu i'r chwith ac

i'r dde gan edrych am gyfle i sgorio, er bod hynny'n amhosib.

Gwelodd Mr Gruffudd fod Tunde'n sefyll wrth y llinell hanner ffordd, heb neb yn agos ato, a gwaeddodd:

'Tunde!'

Arafodd popeth, fel petai pawb yn rhedeg drwy fwd trwchus.

Cododd Cynan ei lygaid. Gwelodd Tunde'n aros, a chlywed yr holl ysgol yn gweiddi arno i basio'r bêl.

Edrychodd y reff ar ei horiawr.

Petrusodd Cynan am eiliad, gwenu, ac yna … cicio'r bêl yn syth lan i'r awyr.

Gwaeddodd Mr Gruffudd mewn tymer. **Edrychodd** y reff ar ei horiawr unwaith eto a dechrau codi ei chwiban. Ond, y foment honno, neidiodd Tunde i'r awyr, a chyn i'r bêl ddechrau disgyn yn ôl i'r ddaear, **ffliciodd** ei ben, a'i tharo i gefn y gôl. A nawr dyma bopeth yn cyflymu.

Gôl! Canodd y chwiban.

Roedd pawb mewn sioc.

Roedd pawb yn syllu.

Roedd pawb fel petaen nhw'n gofyn yr un cwestiwn ar yr un pryd. *Sut llwyddodd Tunde Wilkinson i neidio mor uchel i benio'r bêl?* Ac roedden nhw hefyd yn gofyn: *Pam doedd Tunde ddim wedi glanio'n ôl ar y ddaear eto …?*

Wnaeth Tunde ddim sylwi ar unwaith. Roedd e'n rhy **hapus**. Roedd e wedi sgorio'r gôl holl-bwysig! Fe oedd chwaraewr gorau'r gêm! Roedd Tunde wedi profi, o'r diwedd, ei fod yn haeddu'i le ar y tîm. Fyddai Ysgol y Cwm ddim yn disgyn i'r gynghrair waethaf … ac roedd yr haul yn disgleirio ar ei adenydd ac roedd popeth yn wych …

Aros eiliad.

Ei *adenydd?*

Edrychodd Tunde i'r chwith ac i'r dde a gweld bod adenydd enfawr wedi byrstio allan o'i gefn a'i ysgwyddau.

Islaw, roedd Jiah, Kylie a Hef yn ei wylio. Roedd eu cegau **AR AGOR LED Y PEN**, ac roedd Tunde'n gwybod yn union beth oedd ar eu meddyliau, oherwydd roedd e'n meddwl yr un peth:

OMB. Mae gan Tunde adenydd!

Nid adenydd diflas oedden nhw, chwaith. Roedd yr adenydd yn fawr, pwerus, a phrydferth – doedd dim angen eu fflapio rhyw lawer. Roedd e'n arnofio ar yr awyr, fel aderyn ysglyfaethus siâp person, gan ddefnyddio'r ceryntau aer. Drwy ryw swyn rhyfedd, roedd awel **anweledig** yn ei gadw rhag syrthio.

Roedd y dorf yn gwylio, yn crynu, yn gweiddi, yn cynhyrfu. Hyd yn oed Cynan Parri a Mr Gruffudd. A dweud y gwir, doedd neb yn gallu **credu'u llygaid**.

Wel, neb heblaw un person.

Gwyddai Juba yn union beth oedd yn digwydd.

Roedd y dorf wedi **rhewi** mewn sioc, ond roedd y Ffwriad yn gwybod beth i'w wneud. Gwasgodd fotwm ar ei wregys. Roedd ganddo dri botwm, ac roedd e'n poeni weithiau y byddai'n gwasgu'r un anghywir.

Ar yr ochr dde roedd y botwm pylsar, oedd yn saethu ergydion sŵn ffrwydrol. Roedd y botwm yn y canol yn rheoli ei baced-roced. Offeiriad gwyddonol Ffwraidd oedd

wedi dyfeisio hwn, er mwyn iddyn nhw allu codi i'r awyr (ac weithiau tasgu glaw tanllyd, marwol ar bennau'u gelynion).

Roedd y trydydd botwm yn gwneud i'w ddillad isaf ddisgyn i'r llawr. Beth petai e'n gwasgu hwnnw? Am **embaras**!

Diolch byth, pwysodd Juba'r botwm canol, gan hedfan drwy'r awyr at Tunde. Gwasgodd 'cy-fieithu' ar ei declyn arbennig a dechreuodd siarad.

'Dwyt ti ddim eisie mynd 'nôl i lawr, wyt ti?' meddai. 'Dwi'n synnu dim.'

Breuddwyd yw'r cyfan, meddyliodd Tunde. Yn y freuddwyd, roedd e wedi **ennill** y gêm, wedi sgorio'r gôl dyngedfennol, a nawr roedd e'n cael ei gyfweld gan

gath enfawr, sinsir, oedd yn gallu siarad. Siglodd ei ben mewn syndod.

'Sut wyt ti'n **hedfan**?' gofynnodd Tunde'n ddryslyd. 'Ife cath enfawr, sinsir wyt ti? Ac, erbyn meddwl, sut ydw i'n hedfan?'

Ochneidiodd Juba. Er bod y cyw wedi treulio cyfnod ar y Ddaear, doedd e ddim wedi dysgu rhyw lawer.

Atebodd Juba'n weddol amyneddgar. 'Dwi'n hedfan, cyw, oherwydd hwn –' a dangosodd ei baced-roced o dan ei glogyn. 'Ac rwyt *ti'n* hedfan oherwydd rwyt ti'n berchen ar dy adenydd hyfryd. Llongyfarchiadau, gyda llaw.'

Nodiodd Tunde, yn gegrwth. Doedd neb wedi sôn am ei adenydd o'r blaen, yn enwedig cath enfawr, sinsir yn gwisgo paced-roced.

Ie. breuddwydio ydw i, meddyliodd Tunde. Dyna'r unig esboniad; rhaid bod Cynan wedi'i daclo'n rhy arw, ac wedi rhoi ergyd pen iddo. **Edrychodd** i lawr ar y dorf – roedd pawb yn cuddio'u llygaid rhag yr haul, yn trio esbonio'r fath dric hud **RHYFEDDOL**.

Dechreuodd y gath hedegog siarad eto.

'Fy enw i yw Juba. Ffrind ydw i. Mae'n rhaid i ni adael ar unwaith. Mae rhywun eisie cwrdd â ti.'

Ysgydwodd Tunde ei ben er mwyn trio deffro o'r freuddwyd. 'Wyt ti'n fy 'nabod i?'

'Wrth gwrs,' meddai Juba. 'Dwi wedi bod yn chwilio amdanat ti.'

Sganiodd Juba'r dorf islaw. Roedd llawer yn estyn am eu teclynnau **CYFATHREBU**, er mwyn tynnu llun neu recordio gwyrth y bachgen â'r adenydd. Roedd amser yn brin.

Trawodd Juba'i frest yn galed deirgwaith cyn sgrechian nerth ei ben.

Roedd y sŵn fel ewinedd yn crafu dros fwrdd du, neu ddwsin o gathod yn disgyn i dwba oer. Neu'r gân Brydeinig yn y Gystadleuaeth Eurovision ddiwethaf.

EEEEEEEEEEEAAAAAAEEEEEEEEEE-AAAAAAAEEEEEEAAAAAAEEEEEEEEEAAAAA!

Gwasgodd y dorf eu dwylo dros eu clustiau a gwneud wynebau hyll fel petai pob un yn dweud, 'Plis, rhowch stop ar y sŵn 'na. Os gwnewch chi, fe wna i fihafio am weddill fy oes.'

Nodiodd Juba'n falch. Wedi tapio Tunde deirgwaith ar ei frest, digwyddodd rhywbeth rhyfeddol. Plygodd adenydd Tunde a diflannu'n dwt o dan ei groen. **Cydiodd** Juba yn Tunde a'i arwain i lawr i'r ddaear.

Ac wrth i bawb syllu i'r gofod lle bu'r bachgen â'r adenydd a chath enfawr yn hedfan eiliad yn ôl, brysiodd Juba a Tunde i ffwrdd o'r cae.

Yr eiliad y diflannodd y ddau, ysgydwodd y dorf eu pennau, a cheisio dyfalu pam oedden nhw gwasgu'u dwylo dros eu clustiau. Rhaid bod rhywbeth mawr wedi digwydd. Ond beth? Er syllu ar y cae pêl-droed, allen nhw ddim cofio dim.

Edrychodd Hef, Kylie a Jiah ar ei gilydd yn ansicr.

Hef siaradodd gyntaf. 'Mae 'nghlustiau i'n brifo,' meddai.

'Be ddigwyddodd?' holodd Jiah.

'Roedd 'na sŵn **mawr**, dwi'n credu … ond dwi ddim yn hollol siŵr,' meddai Kylie'n bwyllog. Edrychodd i gyfeiriad y cae. Roedd y reff ar fin **CHWYTHU**'i **chwiban** eto a'r chwaraewyr yn paratoi ar gyfer amser ychwanegol.

'Ble mae Tunde?' meddai Jiah.

Edrychodd Hef yn gyflym ar draws y cae. 'Mae e 'di mynd.'

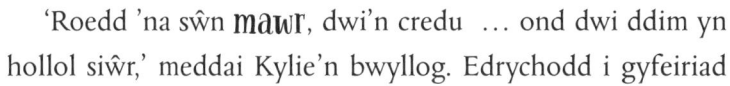

'I ble?' meddai Kylie. 'Roedd e 'ma eiliad yn ôl.'

Chwarddodd Cynan Parri o'r ystlys.

'Mae'ch ffrind chi 'di rhedeg i ffwrdd!' **gwawdiodd**. 'Gôl lwcus gafodd e. Nawr mae'n bryd i chi wylio chwaraewr go iawn.' A rhedodd i ganol y cae.

Rhedodd Dembe i'r llinell hanner ffordd. 'Ble mae e?' holodd.

Siglodd Hef ei ben. 'Dim syniad,' meddai. 'Ond rhaid bod rhywbeth yn bod. Fyddai Tunde byth yn gadael y gêm.'

Gwnaeth Jiah **benderfyniad**. 'Rhaid i ni fynd i dŷ Tunde – os oes rhywbeth yn bod, dyna lle bydd e.'

A brysiodd Jiah i ffwrdd, achos doedd hi byth yn gwastraffu amser. Dilynodd Kylie, gan newid cyflymder ei chadair olwyn i 'gyflymder roced' (neu dyna beth oedd hi'n ei alw). Yn dynn ar eu sodlau, trotiai Hef, yn falch bod ei ffêr yn gwella. Er syndod i bawb, dilynodd Dembe hefyd.

Wrth i Hef **daflu cip** arni, cododd Dembe'i hysgwyddau. 'Dydy Tunde byth yn colli ymarfer a fyddai o byth yn colli diwedd y gêm,' meddai. 'Mae rhywbeth yn bod.'

'Ble ti'n mynd?' gwaeddodd Cynan Parri o'r cae. 'Dyw'r gêm ddim wedi gorffen!'

Ond wnaeth Dembe ddim hyd yn oed edrych arno. Roedd ganddi rywbeth llawer mwy pwysig i'w wneud. Roedd Tunde wedi diflannu – ac roedd hi, a phawb arall, eisiau gwybod pam …

8

MAM?

Cyrhaeddodd Tunde a Juba ganopi o goed gwyrdd hyfryd ar gyrion Parc Cadwaladr.

'Dyma ni,' meddai Juba, gan **edrych** o'i gwmpas. 'Tapia dy frest deirgwaith.'

'Pam?' holodd Tunde'n amheus. Roedd e'n dal yn hanner meddwl mai breuddwyd oedd y cyfan.

'Jyst gwna fe,' meddai Juba'n amyneddgar. 'Mae'n hen bryd i ti ddysgu.'

Wrth i Tunde daro'i frest yn betrusgar, agorodd ei adenydd unwaith eto. **WWWWSSSHHH!**

Edrychodd arnyn nhw dros ei ysgwydd. Roedden nhw'n hyfryd. Yn wyllt ac yn bwerus. Teimlai fel pe bai eryr styfnig wedi glanio ar ei gefn gan ddal yn dynn ynddo.

'Wyt ti'n barod?' gofynnodd Juba.

'Barod i be?'

'I **hedfan**, wrth gwrs.'

Edrychodd Tunde i fyny. Uwch ei ben roedd mantell o goed, llwyni, a changhennau, fel blanced fawr werdd.

'Cadw'n isel,' meddai Juba. 'Bydd yn ofalus a dilyn fi.'

Cododd Juba i'r awyr yn llyfn. Rywsut, roedd Tunde'n

gwybod yn union beth i'w wneud. Fflapiodd ei adenydd, a'i ddilyn.

'Ddim yn rhy uchel,' galwodd Juba. 'Cadw o dan y coed. Dyw'r bodau dynol ddim yn barod am hyn, a does dim digon o nerth ar ôl gyda fi i ddileu cof neb arall.'

'Iawn,' meddai Tunde, a heb ymdrech o gwbl, dechreuodd ddisgyn dipyn bach. Roedd hedfan yn teimlo'n hollol naturiol. Mor naturiol â rhedeg a chicio pêl a neidio i'r awyr i benio'r gôl fyddai'n ennill gêm.

Bant â nhw. Gwenodd Tunde mewn rhyfeddod. Roedd hyn yn wych!

'Wwwwwwwhwwww!' gwaeddodd. **'Dwi'n hedfan.'**

Gwibiodd Juba yn ei flaen, gan ddilyn y cyfarwyddiadau ar ei declyn cyfieithu. Roedd y teclyn nawr yn gweithio fel GPS Ffwraidd **CLYFAR-DROS-BEN**, ac yn dangos eu lleoliad yn fanwl iawn ar y map. Cyn hir roedd y ddau wedi gadael Parc Cadwaladr ac yn hedfan drwy'r Goedwig Fawr.

Teimlai Tunde a'i ffrindiau'n ffodus iawn i gael byw'n agos at y goedwig hon, gan ei bod hi'n 'Ardal o Harddwch Naturiol' – yn ôl y cyngor lleol, o leiaf. Roedd trwch o goed, llwyni a fflora gwyllt yn tyfu yno, fel ym mhob coedwig ym Mhrydain. Ond weithiau, yn yr haf, teimlai fel jyngl yr Amazon … os oeddech chi'n cau eich llygaid ac yn taflu bwced o ddŵr cynnes dros eich pen. Roedd cymaint o wyrddni uwchben a chymaint o goed: coed derw, ffawydd, pinwydd, helyg, ac ynn. Roedd fel cerdded drwy ardd Syr David Attenborough.

Roedd ceffylau gwyllt, heb farchog na chyfrwy, yn rhedeg am y gorau drwy'r coed. Edrychon nhw i fyny a gweld Tunde a Juba yn hedfan ochr yn ochr, yn rasio drwy'r awyr, gan godi a disgyn yn ddiymdrech, cyn dechrau gweryru a neidio'n uchel, gan adlewyrchu symudiadau'r ddau.

Wrth i Tunde edrych i lawr a gwenu arnyn nhw, bron iawn iddo daro yn erbyn coeden.

'Canolbwyntia!' meddai Juba'n swta.

Dilynodd Tunde gyfarwyddiadau'r gath fawr hedegog (yn union fel petai hynny'n beth hollol normal), a symud drwy'r coed yn hapus a rhwydd.

'Alla i ddim credu hyn,' ebychodd. 'O'n i'n meddwl y byddai dysgu'n cymryd oesoedd.'

Edrychodd Juba arno'n feddylgar. 'I'r rhan fwyaf o bobl, mae hynny'n wir,' meddai. 'Ond mae'n amlwg dy fod ti'n arbennig.'

Arweiniodd y bachgen drwy flagur a blodau, dros ganghennau ac afonydd. Ar y ffordd, ymunodd pioden chwareus â'r ddau, gan wichian ei chyngor. Roedd Tunde fel petai'n deall pob gair:

'Cadw'n wastad, defnyddia'r ceryntau, bydd yn ofalus, paid â **THARO** yn erbyn unrhyw ganghennau – ac fe ddysgi di'n gyflym, cyw!'

'Mae'n bryd i ni lanio,' meddai Juba. Yn hytrach na phwyntio at y mwsog ar lawr y goedwig, anelodd at ffawydden enfawr oedd yn symud yn osgeiddig yn yr awel. 'Fan'na.'

'Ar ben y goeden?' meddai Tunde'n llon. 'Dim problem.'

Glaniodd Juba'n osgeiddig, ond roedd Tunde'n orhyderus. Rasiodd tuag at y goeden a glanio'n rhy gyflym. Sgidiodd am naw metr ar hyd cangen lithrig ac roedd e ar hanner plymio

dros yr ymyl a disgyn ar y creigiau, ugain metr islaw, pan **gydiodd** llaw gref yn ei arddwrn a'i dynnu'n ôl, fel petai'n pwyso dim mwy na drudwy.

Edrychodd Tunde i fyny'n syn i weld pwy oedd wedi'i achub. A beth welodd e ond wyneb oedd yn edrych yn union fel ei wyneb e – er bod hwn yn perthyn i fenyw oedd yn llawer, llawer talach na Tunde. Roedd hi'n chwe throedfedd o leiaf ac yn edrych yn **anhygoel**. Syfrdanol, hyd yn oed.

Ar ei phen roedd rhyw fath o benwisg yn disgleirio fel aur yn yr haul. Nid coron na helmed oedd hi chwaith, ond rhywbeth rhwng y ddwy, yn pefrio a serennu bob tro roedd hi'n troi'i phen. Gwisgai siwt dynn â streipiau metelaidd ac roedd ei hadenydd yn enfawr, o leiaf deirgwaith yn fwy na rhai Tunde.

Tapiodd yr aderyn ffurf menyw ar ei brest deirgwaith a **DIFLANNODD** ei hadenydd.

Edrychodd ar Tunde o'i gorun i'w sawdl a dweud, 'O'r diwedd. Dwi mor falch i gwrdd â ti. Fi yw dy fam di.'

'Mam?' sibrydodd Tunde.

'Ie. Fe wnest ti ddeor o fy wy i.'

Eisteddodd Tunde i lawr **yn sydyn**. Allai e ddim help! Roedd e newydd ddysgu ei fod wedi'i eni o wy – doedd pethau felly ddim yn digwydd yn aml.

Swatiodd ei fam enedigol (ei fam!) ar ei bwys a dweud, 'Does gyda ni ddim amser i drafod hyn nawr. Mae yna waith pwysig i'w wneud. Ac mae'n rhaid i ti wisgo dy wisg frenhinol.'

Estynnodd wisg i Tunde oedd yn debyg i'w gwisg hi, wedyn trodd ei chefn yn gwrtais. Tynnodd Tunde ei ddillad chwaraeon, a chamu i mewn i'r wisg newydd. Am eiliad

teimlai'n od, yn goslyd, fel petai
rhesi o nodwyddau bychain yn
pigo'i groen, ac yna'n sydyn
doedd y wisg ddim yn teimlo'n
od o gwbl. Roedd fel petai wedi'i
gwneud yn arbennig ar gyfer
Tunde, yn lapio amdano mor
gyffforddus ag unrhyw dracwisg.

Edrychodd i lawr ar y wisg.

Roedd pethau'n debyg i arfau yn sownd wrthi.

Yn sydyn, agorodd ei adenydd led y pen, yn wyllt ac yn rhydd.

Nodiodd Juba a gwenu, ac meddai â'i lais yn crynu dan deimlad, 'O'r diwedd. Rwyt ti'n edrych yn wych.'

'Ydy, mae e,' cytunodd ei fam. 'Mae'n bryd i ni fynd.'

Roedd Tunde ar fin gofyn i ble roedden nhw'n mynd, ond cyn iddo agor ei geg, neidiodd ei fam i'r awyr yn hyderus, yn rhyfeddol, ac yn brydferth. Roedd fel petai disgyrchiant yn cael dim effaith o gwbl arni. **Trawodd** yr awyr â'i hadenydd, a chan herio rheolau natur, heb ymdrech o gwbl, cododd yn uwch ac yn uwch i'r awyr.

Dilynodd Tunde'i fam gan sylweddoli, yn rhyfedd iawn, ei fod yn gwybod yn union beth i'w wneud a phryd. Pan blygodd hithau ei phen a hedfan dan gangen, gwnaeth Tunde'r un fath; gan droi a throelli, troi a throelli ar ei hôl. Pan hedfanodd hi drwy'r canopi, a saethu fil o droedfeddi i'r awyr cyn plymio'n bwerus yn ôl i'r coed, dilynodd Tunde hi'n ddi-ofn. Ac wrth gyflawni'r fath gampau, heb feddwl ddwywaith, dychmygodd weld arwydd llachar yn disgleirio o flaen ei lygaid:

CES I 'NGENI I WNEUD HYN.

Ac wrth droelli'n llyfn a chodi i fyny tuag at y cymylau, gwyddai Tunde fod y geiriau'n wir.

Nid yn unig roedd Tunde wedi'i eni i redeg, neidio a chwarae pêl-droed, ond roedd e hefyd wedi'i eni i hedfan, plymio a saethu i'r lleuad ac yn ôl. Ac ar ben hynny (roedd ei ymennydd bellach yn crynu gan gyffro) roedd hedfan yn well na sgorio'r gôl orau, ennill y ras gyflymaf, neidio'n bellach na phawb arall … roedd hedfan â'i adenydd ei hun yn fendigedig!

Roedd ei fam enedigol yn ei ddysgu am aerodynameg, sut i hedfan a sut i osgoi gelynion yn yr awyr. Ond doedd hi ddim yn teimlo fel gwers o gwbl; roedd Tunde'n teimlo fel petai ei fam yn ei atgoffa o bethau roedd e'n gwybod yn barod. Pethau roedd e'n gallu'u gwneud yn hawdd.

'Alla i ddim credu 'mod i'n gwneud hyn!' gwaeddodd.

Edrychodd ei fam arno'n syn. 'Wrth gwrs dy fod ti'n gwneud hyn,' meddai. 'Dyma dy etifeddiaeth. Dwi'n AILDDEFFRO dy sgiliau di, dyna i gyd.'

Roedd hi wedi llwyddo'n arbennig o dda, meddyliodd Tunde, gan neidio, troelli a deifio.

Dyma nhw'n cyrraedd y ffawydden enfawr unwaith eto. Llwyddodd Tunde i lanio'n ddigon gosgeiddig y tro hwn; disgynnodd ar gangen drwchus ac er iddo simsanu rhywfaint, llwyddodd i gadw'i gydbwysedd drwy ymestyn ei adenydd.

Nodiodd ei fam yn falch.

'Da iawn. Rwyt ti wedi dysgu'n gyflym – fel ro'n i'n disgwyl. Rwyt ti bron iawn yn barod am y dasg sydd o'th flaen.'

Edrychodd Tunde arni'n syn.

'Tasg? Pa dasg? Beth wyt ti'n disgwyl i fi wneud?'

Gwenodd ei fam, ei phen ar dro fel aderyn y to chwilfrydig, a dweud:

'Fe ddweda i **gymaint ag sy'n rhaid**, a dim mwy. Rwyt ti a

fi'n dod o'r blaned Adaarol. Am resymau y gwna i eu hesbonio yn y man, cest ti dy eni yma, ar y Ddaear. Mae trigolion y blaned Adaarol yn fy ngalw i'n Aan. Fy **MHARTNER**, Aafen, yw'r Arweinydd Aruchel. Dwi'n credu bod rhywun wedi'i herwgipio a'i garcharu. Mae'n rhaid i ni ei achub.'

'Aros, aros, aros. Ei achub?' holodd Tunde. 'Achub *pwy*?

Alla i ddim achub neb. Mae gen i waith cartref mathemateg i'w orffen!'

Nodiodd ei fam yn amyneddgar. 'Mae'n anodd i ti gredu hyn i gyd. Dwi'n deall hynny'n iawn. Ond does dim llawer o amser gyda ni. Mae'r Arweinydd Aruchel mewn perygl. Ac felly mae angen i ni–'

Torrodd Tunde ar ei thraws yn ddifeddwl, â geiriau'n tasgu o'i geg.

'Pam ydw i'n gorfod achub yr Arweinydd Aruchel? Dim ond deuddeg oed ydw i!'

Syllodd ei fam arno'n ddig.

'Paid â **THORRI AR FY NHRAWS**. Dwi'n hŷn na ti. Rhaid i ti ddangos parch, neu fe fydd y canlyniadau'n ddifrifol.'

Nodiodd Tunde. Digon teg, meddyliodd. Ond roedd e'n gwybod y byddai gan Ruth a Ron lwyth o gwestiynau, a dweud y lleiaf.

'Pwy yw'r Arweinydd Aruchel?' gofynnodd, a'i lais yn dawelach y tro hwn. 'Arweinydd beth yw e?'

'Arweinydd ein planed, wrth gwrs. Mae'n bwysig, er ein mwyn ni i gyd, ei fod e'n goroesi. Mae e hefyd yn bartner i fi, ac, fel mae'n digwydd, yn dad i ti. Oni bai amdano fe, fyddet ti ddim wedi cael dy eni.'

'Fe yw fy nhad genedigol,' sibrydodd Tunde. Roedd hyn bron yn ormod i'w ymennydd ifanc. Roedd cymaint o wybodaeth i'w phrosesu – ei fam enedigol, ei dad genedigol, y blaned Adaarol, gwisg hedfan estron, adenydd (wrth gwrs), a chath enfawr oedd yn gallu hedfan – felly stopiodd ei hun

rhag meddwl am hyn i gyd (rhag ofn i'w ymennydd droi'n rwtsh) a phenderfynu derbyn y sefyllfa.

'Ddwedoch chi fod fy nhad genedigol, yr, ymm, yr Arweinydd Aruchel, wedi cael ei garcharu. Ydych chi'n gwybod ble?'

Pwysodd Juba fotwm ar ei declyn cyfieithu.

'Mae'n cael ei gadw ar y Ddaear mewn canolfan wyddonol o'r enw Global SciTech, neu, fel mae'r bobl leol yn ei galw, Y Safle.

LLYNCODD Tunde a dweud mewn llais bach, 'Mae Mam a Dad yn gweithio fan'ny.'

Chymerodd Juba ddim sylw.

'Mae'r Arweinydd Aruchel wedi bod yno am ddeuddeg mlynedd ddaearol. Mae'n hen bryd i ni weithredu. Nawr dy fod ti'n deall pwy wyt ti, cyw, galli di ein helpu i stopio'r frwydr.'

'Brwydr? Be ti'n feddwl, brwydr?' Doedd Tunde ddim yn hoffi'r syniad. 'Alla i ddim ymladd. Dwi ddim eisie ymladd yn erbyn unrhyw un.'

Edrychodd Aan arno'n siomedig. 'Alla i ddim credu mai ti yw mab Aafen ac Aan,' meddai mewn llais **isel**. 'Sut galli di fod mor blentynnaidd a llwfr? Ry'n ni wedi bod yn brwydro yn erbyn y Ffwriaid ers blynyddoedd maith, ac mae cannoedd ar gannoedd wedi marw. Ond dwi ddim yn gofyn i ti *ymuno* yn y rhyfel – dwi'n gofyn i ti fy helpu i ddod â'r brwydro i ben.'

'Dod ag e i ben?' mentrodd Tunde.

Nodiodd Aan. 'Cywir. Mae angen dy help di arna i i ddod â'r frwydr hir hon i ben unwaith ac am byth. Mae'n rhaid i ti helpu'r Arweinydd i ddeall fod yr holl ymladd wedi costio llawer gormod o fywydau heb wneud **lles** i neb. Mae Juba, un o'r Ffwriaid ...'

Trodd at Juba, a oedd yn gwenu, yn falch o gael ei gydnabod (a'i werthfawrogi; achos roedd e wedi bod yn gweithio'n galed iawn, wedi'r cyfan).

Aeth Aan yn ei blaen:

'Mae Juba, y Ffwriad, wedi bod mewn cysylltiad â grwpiau o'r ddwy ochr sydd eisie rhoi stop ar y rhyfel. Ond all e fyth lwyddo, heb gytundeb dy dad. A dim ond ar un person y bydd dy dad yn **GWRANDO** – y Mab Rhagweledig.'

'Felly, dyw e ddim yn gwrando arnat ti?' meddai Tunde.

Gwgodd Aan. 'Dyw e ddim wedi gwrando hyd yn hyn.'

Siglodd Tunde'i ben. 'Mae'n rhaid i fi siarad â fy rhieni cyn cytuno i wneud unrhyw beth. Byddan nhw'n dechrau poeni amdana i.'

Gwgodd Aan eto. 'Fi yw dy fam – ti yw fy nghyw. A'r Arweinydd Aruchel yw dy dad!'

'Ie, ond fy rhieni mabwysiadol sy wedi 'ngharu, magu, a 'nghefnogi a gwneud gwaith cartref gyda fi ... a phopeth arall, am ddeuddeg mlynedd, wrth i chi i gyd ymladd eich rhyfel diddiwedd,' atebodd Tunde'n gyflym a phendant, er syndod iddo'i hun. 'Mae'n rhaid i fi fynd adre, neu byddan nhw'n meddwl 'mod i wedi cael fy **herwgipio** gan griw o ddieithriaid mewn fan neu rywbeth. A dwi'n meddwl y dylet ti gwrdd â nhw. Plis?'

Ar unwaith difarodd siarad mor swta. Tybed sut oedd y llwyth Adaarol yn cosbi eu cywion?

Meddyliodd yn gyflym ac ychwanegu, 'Os na fydda i'n

mynd adre, bydd pobl yn dechrau edrych amdana i, a bydd lot o ffys a ffwdan.'

Nodiodd Juba.

'Digon teg. Mae'n rhaid i ni ymweld â'r rhieni mabwysiadol. Gallwn ni wneud yn siŵr eu bod yn anghofio popeth wedyn, os bydd angen.'

Ochneidiodd Aan, cyn nodio hefyd.

Dechreuodd Tunde ymlacio wrth i Aan ymestyn ei hadenydd crand a chodi o'r llawr. Dilynodd Tunde, gan **rasio heibio** i Aan a gwibio i'r awyr llwydlas uwchben. Ymhen eiliadau, roedden nhw'n hofran yn uchel uwchben tŷ Tunde.

Tra oedd Tunde'n cwrdd â'i fam Adaarol, ac yn cael gwersi hedfan uwchben y Goedwig Fawr, roedd Jiah, Kylie, Hef a Dembe (oedd yn gwisgo'i chit pêl-droed o hyd) wedi dringo ar fws rhif 472, a mynd i dŷ Tunde.

Curodd Dembe'n ddiamynedd ar y drws.

'Draw fan hyn,' galwodd Ron.

Roedd tad Tunde yn yr ardd. Roedd wedi ffonio'r gwaith i ddweud ei fod yn sâl, ac wedi treulio'r diwrnod yn chwynnu a chwyno a grwgnach am Y Safle. Doedden nhw ddim yn ei werthfawrogi e, na Ruth chwaith. Dylen nhw i gyd fynd i ferwi'u pennau, mwmianodd dan ei anadl, wrth chwynnu o gwmpas rhywogaeth newydd o bys pêr rhyfeddol o gryf.

Pan ddaeth y plant i'r golwg, edrychodd Ron arnyn nhw'n **syn**.

'Beth y'ch chi i gyd yn gwneud fan hyn?' holodd â **GWÊN FAWR**. 'A ble mae Tunde?'

Siaradodd Hef ar ran pawb. 'Dim syniad. O'n ni'n meddwl ei fod e wedi dod adre.'

Diflannodd y wên o wyneb Ron. 'Beth y'ch chi'n feddwl – dyw e ddim yn yr ysgol? Pryd weloch chi e ddiwetha?' Edrychodd ar Dembe a phwyntio bys. 'A phwy wyt ti?'

'Dembe Diallo ydw i. Dwi'n chwarae i'r un tîm pêl-droed â Tunde. Fe ddiflannodd ar ddiwedd y gêm. A gyda llaw, yn fy ysgol ddiwetha, dwedodd y pennaeth na ddylech chi fyth bwyntio bys at eraill.'

Stopiodd Ron **bwyntio** ar unwaith.

'Tîm pêl-droed?' meddai. 'Tîm pêl-droed? Be ti'n feddwl?'

Roedd Dembe wedi drysu'n lân. 'Ymmm. Chi'n deall beth yw *pêl-droed*? Gêm yw hi. Mae'n cael ei chwarae gan ddau dîm, a phob tîm yn cynnwys grŵp o chwaraewyr sy'n gwisgo siorts, sgidiau, crys, ac weithiau mae eu gwalltiau'n flêr. Maen nhw'n plygu glin byth a hefyd. Ry'ch chi wedi'u gweld nhw ar y teledu, mae'n siŵr.'

'Paid ti â bod mor ddigywilydd, 'merch i,' siglodd Ron ei ben. 'Ro'n ni wedi dweud wrth Tunde am beidio â **CHWARAE** *unrhyw* chwaraeon o gwbl.'

'Do, ro'n i wedi clywed am hynny,' atebodd Hef. 'Ro'n i'n meddwl eich bod chi **braidd yn greulon**, a dweud y gwir. Mae gan Tunde sgiliau ffantastig, ond oes e? Ond nawr mae e wedi diflannu … fel llong yn disgyn i Driongl Bermuda. Ro'n ni i gyd yn meddwl y bydde fe wedi dod gartre.'

Siglodd Ron ei ben eto. 'Na, dyw e ddim. Arhoswch fan hyn. Peidiwch â symud.' Rhedodd i'r tŷ a dod 'nôl ymhen eiliad â Ruth wrth ei sodlau.

'Be chi'n feddwl, mae Tunde wedi diflannu? Ife gêm yw hon?' Edrychodd Ruth ar wynebau gofidus y plant. 'Well i chi ddod i mewn.'

Ac i mewn â nhw i'r tŷ. Pwyntiodd Ruth at Dembe. 'Sgidiau pêl-droed wrth y drws, plis.'

Gwnaeth Dembe rhyw stumiau tu ôl i gefn Ruth, cyn tynnu'i hesgidiau. Roedd y lleill wedi tynnu'u hesgidiau nhw'n barod, a Kylie wedi edrych i weld a oedd mwd ar ei holwynion. Roedden nhw'n gyfarwydd â rheolau'r teulu Wilkinson.

Wrth i bawb eistedd i lawr yn y stafell ffrynt, aeth Ron i siarad yn ddistaw bach ar y ffôn yn y coridor.

Cerddodd Ruth 'nôl a 'mlaen yn nerfus. 'Disied?' gofynnodd. 'Hoffech chi ddarn bach o gacen? **Peidiwch â phoeni**, dim ond siocled a sinsir a stwff sydd ynddi.'

Gwingodd y grŵp wrth glywed y gair 'stwff', gan gofio'r gacen ben-blwydd llawn hadau a chnau a rwtsh a phwy a ŵyr beth arall. Pawb, hynny yw, ond Dembe, oedd heb glywed am sgiliau pobi amheus Ruth. 'Mmm! Diolch,' meddai hi.

Aeth Ruth at y drws, ond edrychodd Hef ar Dembe ac ysgwyd ei ben yn wyllt fel ci Sant Bernard yn dod i mewn o'r glaw.

'Dwyt ti ddim eisie cacen Ruth,' sibrydodd. 'Bydd hi'n gawlach llawn mwd a phridd a chwilod a phob math o bethe eraill.'

Edrychodd Dembe arno'n syn, ac yna **GWEIDDI**'n sydyn ar Ruth yn y gegin, 'Ymmm, a dweud y gwir, Mrs Wilkinson – dwi ddim yn teimlo fel bwyta nawr, sori.'

Daeth 'Ocê' o'r gegin, a sŵn cwpanau a soseri'n clecian. Nodiodd Hef a sychu'i dalcen. 'Dyna lwc.'

Cododd Kylie'i bawd ar Dembe.

Caeodd Jiah ei llygaid a chodi un llaw i'r nefoedd.

Daeth Ruth yn ei hôl, a gweld y cyfan, heb gymryd unrhyw sylw. 'Ble y'ch chi'n meddwl mae Tunde wedi mynd?'

'Dim syniad,' meddai Kylie. 'Un funud roedd e'n chwarae'n wych ac yn sgorio goliau, a'r funud nesa, dyma fe'n ddiflannu!'

Brathodd Ruth ei gwefus. 'Ddwedon ni wrtho am beidio â chwarae pêl-droed,' mwmianodd. Wedyn, gwaeddodd drwy'r drws ar Ron: 'Unrhyw newyddion?'

'Maen nhw'n mynd i anfon rhywun,' gwaeddodd Ron yn ôl.

'Pwy sy'n mynd i anfon pwy?' gofynnodd Jiah.

'Jyst, ymmm … jyst pobl o'r gwaith,' meddai Ruth.

'Pam na wnewch chi ffonio am blismon?' holodd Hef.

Ysgydwodd Ruth ei phen. 'Mae'n rhaid i ni gysylltu â phobl eraill cyn siarad â'r heddlu. Nawr, pwy sy'n aros am ddisied?'

Edrychodd Dembe ar Hef, edrychodd Hef ar Jiah, ac edrychodd Jiah ar Kylie. Am sgiliau cyfathrebu gwych! Drwy ddefnyddio signalau llygad cymhleth, roedd pawb yn gyrru'r un neges: *Mae rhywbeth o'i le*. I ddechrau, doedd Ron a Ruth ddim yn bihafio fel rhieni oedd newydd glywed bod eu mab wedi diflannu. A pham oedden nhw'n gorfod cysylltu â phobl o'r gwaith, cyn siarad â'r heddlu?

Cododd Jiah ar ei thraed.

'Sori, Mrs Wilkinson, ond ry'ch chi'n **bihafio**'n od iawn. Ry'ch chi'n cynnig te a chacen afiach a dweud bod dim angen

ffonio'r heddlu. Ry'n ni, ar y llaw arall, yn poeni'n arw am eich mab. Dy'n ni ddim wedi gweld Tunde ers cyn y chwiban ola – un funud roedd e'n neidio i'r awyr i benio'r bêl, a'r funud nesa roedd e wedi diflannu. Ro'n ni gyd yn **GWYLIO** Tunde, ac yna'n sydyn doedd dim sôn amdano.'

Nodiodd Dembe'n llawn cyffro. 'Dyna'r peth. Ocê, dy'n ni ddim yn gallu cofio beth ddigwyddodd – ond all e ddim â bod wedi diflannu go iawn. Wedi mynd i rywle mae e. Doedd dim digon o amser iddo ddiflannu'n llwyr. Ro'n ni'n disgwyl ei weld e wrth yr arhosfan bws rownd y gornel, neu wrth y siop losin, neu o leia yn y caffi cebab.'

Nodiodd Hef. 'Ie, allai e ddim bod wedi mynd yn bell.'

Roedd Kylie ar fin crio. 'Felly ble mae e?' Edrychodd ar Ruth. 'Wyt ti'n poeni o gwbl?'

Syllodd Ruth arni. 'Wrth gwrs 'mod i'n poeni,' meddai'n dawel. 'Ond –'

Yr eiliad honno, daeth **tap tap tap** ysgafn ar y drws. Neidiodd pawb.

Rhedodd Ron at y drws a'i daflu ar agor, a phwy oedd yn sefyll y tu allan ond Tunde.

Ond doedd e ddim yn edrych yn debyg iawn i Tunde. I ddechrau, roedd e wedi gwisgo'n wahanol – mewn gwisg sgleiniog. Fel rhyw fath o ... **ARCHARWR**.

Roedd e'n edrych yn rhyfeddol o hyderus hefyd.

'Mam, Dad,' meddai. 'Dwi wedi dod â rhywun i'ch gweld chi.'

Atebodd Ruth yn ei hacen mam-o-Jamaica. 'Gweld?-Be-ti'n-meddwl-'gweld'?-Dere-â'r-pen-ôl-'na-i-mewn-i'r-tŷ!-

Nawr!-Ble-ti-'di-bod?-O'n-ni'n-poeni-cymaint,-ni'n-swp-sâl.'

Edrychodd Tunde i lawr ar ei draed yn eu hesgidiau sgleiniog. 'Mam, plis,' meddai'n dawel.

Anadlodd Ruth **yn ddwfn**, a dweud yn ei llais 'O-o! Dwi wedi siarad fel mam-o-Jamaica o flaen pobl ddierth,

gwell i fi gallio'.

'Wel, pwy yw'r bobl 'ma? Pwy sy'n dod i'n gweld ni?'

Edrychodd Tunde i fyny a nodio.

Ac roedd beth ddigwyddodd nesaf bron yn anghredadwy.

Daeth sŵn grwndi paced-roced a fflapian hyfryd adenydd o'r awyr uwchben, wrth i Juba ac Aan ddisgyn i'r ddaear. Glanion nhw mor ysgafn â phetai eu traed wedi'u lapio mewn gwlân cotwm ar lwybr ffrynt y teulu Wilkinson. Perffaith.

DIFLANNODD adenydd Aan o dan ei gwisg, a safodd hithau ar y llwybr, fel brenhines, yn gwylio Ruth – oedd yn hollol dawel erbyn hyn, a bron â llewygu mewn sioc.

Roedd Ron wedi drysu'n llwyr hefyd. (Pe bai yna dref o'r enw Tref Dryswch rywle'n agos, bydden nhw wedi rhoi cerflun o Ron yn **CRAFU'I BEN** ar y sgwâr.) Syllodd ar ei fab. 'Wyt ti'n mynd i esbonio pam rwyt ti'n edrych fel cymeriad o sioe Nadolig? A phwy yw'r bobl ...' – roedd e eisiau dweud 'pobl wallgo', ond stopiodd ei hun mewn pryd – '... y bobl 'ma?'

'Gawn ni ddod i mewn, plis?' holodd Tunde. 'Mae pawb yn edrych arnon ni.'

Camodd Ruth i'r naill ochr er mwyn i Juba, Aan a Tunde gael dod i mewn. **Edrychodd** lan a lawr y stryd rhag ofn bod rhywun yn gwylio, ond, er syndod iddi, doedd yr un o'r cymdogion yn sbecian o'r tu ôl i'r llenni ... Roedd bobman yn dawel. Caeodd y drws yn dynn ar ei hôl.

Yn y stafell ffrynt, roedd pawb yn syllu'n llawn cyffro ar Tunde.

'OMB! Mêt!' meddai Hef. 'Ti'n edrych yn fwy cŵl nag arth

wen mewn sbectol haul yn gyrru Bentley!'

'Ble gest ti'r dillad rhyfedd 'na?' Holodd Jiah. 'A phwy yw'r gath? Dychmyga'i bocs baw hi – bydde fe'n llenwi'r tŷ!'

Roedd ofn ar Kylie. 'Tunde, pam wyt ti'n edrych mor od? Un funud ti'n chwarae pêl-droed, a'r funud nesa ti 'di gwisgo fel archarwr mewn cân actol! Dwi'n meddwl 'mod i'n mynd i gael panig.'

Oedodd Tunde am eiliad. Triodd feddwl am y ffordd orau i ddweud y frawddeg nesaf. 'Dwi am i chi gymryd anadl a pheidio â gwylltio, ocê? Dwi 'di bod … Wel, mae 'na lot o bethau dy'ch chi ddim yn gwybod am … amdana i. Do'n i ddim yn gwybod fy hunan, tan nawr. Mae gyda fi … Wel, man a man i fi –'

Tapiodd ar ei frest deirgwaith, a … **WWWWWSSSH!**

Agorodd ei adenydd led y pen. Roedden nhw'n llenwi'r stafell, a bron â tharo Hef yn ei wyneb.

Roedd yna dawelwch llethol am eiliad.

Yna, 'Mae gyda ti adenydd!' meddai Jiah. 'Mae hynny'n hollol amhosib, ond beth yw'r ots? O mam bach. Rhaid i fi wneud nodiadau, tynnu lluniau! Dylet ti fod mewn cylchgrawn gwyddonol. Tunde! Mae gen ti ADENYDD!'

'Waw!' meddai Kylie. 'Maen nhw'n brydferth! Dwi'n crynu.'

Doedd gan Dembe ddim syniad sut i ymateb. Roedd hi'n gegrwth. Doedd hi erioed wedi gweld unrhyw beth tebyg.

'Ddwedon nhw – ddwedon nhw y gallai rhywbeth fel hyn ddigwydd tua'r adeg hon,' meddai Ruth â dagrau yn ei llygaid. 'Ddwedon nhw y gallai symudiadau cyflym sbarduno'r newid; ddwedon nhw na ddylet ti redeg o gwmpas y lle. Dyna pam

y gwnaethon ni'n gorau glas i dy gadw di rhag gwneud chwaraeon. Sori, cariad. Ddylen ni wedi fod dweud y gwir wrthot ti cyn hyn.'

Roedd Ron yn crio hefyd. 'Ond doeddet ti ddim i fod gwybod. Ddwedon nhw mai dyna'r peth gorau …'

'"Nhw"?' holodd Tunde'n oeraidd. 'Pwy yw "nhw"? Y Safle, ti'n feddwl?'

NODIODD Ruth a Ron. 'Ro'n nhw – Y Safle – yn meddwl y dylen ni dy fabwysiadu di. Doedd gyda ni ddim syniad sut cyrhaeddaist ti'r Safle, ond roeddet ti mor fach – mor ciwt a hyfryd – ro'n ni jyst eisie gofalu amdanat ti.'

Syllodd Tunde arnyn nhw. 'Roeddech chi'n gwybod am–' pwyntiodd at ei **adenydd** '–am y rhain?'

Nodiodd y ddau.

Wedyn meddai Ruth. 'Wel, dim cweit. Ro'n ni'n gwybod dy fod ti'n wahanol i fabis eraill. Ond do'n ni ddim yn cael gofyn cwestiynau.'

'Gan dy fod ti'n cael dy fagu ar y Ddaear, ddwedon nhw y byddet ti, mwy na thebyg, yn edrych fel pawb arall os o'n ni'n ofalus. Ond ro'n ni'n deall y gallai rhywbeth fel hyn ddigwydd. Tunde, dwi am i ti wybod ein bod ni'n dy garu di'n fwy na neb yn y byd, a byddwn ni 'ma i edrych ar dy ôl di am byth.'

'Edrych ar fy ôl i?' gwaeddodd Tunde. 'Ond roeddech chi'n gwybod 'mod i'n mynd i dyfu adenydd pan o'n i'n ddeuddeg. A bod fy rhieni genedigol yn êliyns … ag adenydd! A ddwedoch chi ddim gair? Be sy'n bod arnoch chi?'

Camodd Aan 'mlaen; roedd hi wedi clywed digon. 'Tunde! Dylet ti barchu dy rieni bob amser. Maen nhw wedi gwneud eu gorau i dy warchod di. Cofia mae hyn yn sioc i bawb. Dyw darganfod bod eich unig blentyn yn gyw estron o ddimensiwn arall ddim yn hawdd.'

Syllodd Ron arni. '*Dimensiwn arall?* Be, fel Rhyl?'

Edrychodd Ruth arno'n gas. *Rhyl, wir!*

Ond aeth Ron yn ei flaen:

'Ddwedodd Y Safle ei fod e'n *wahanol*, ond wnaethon nhw ddim sôn am ddimensiwn arall, yn naddo? Ruth?'

'Ymmm,' mwmianodd Ruth. 'Ddim yn hollol.'

Gwgodd Ron. 'Aros funud. Wyt ti'n cuddio rhywbeth?'

Sylwodd Ruth fod pawb yn syllu arni'n eiddgar. 'Roedd 'na … *ddigwyddiad* yn y gwaith, jyst cyn i Tunde gael ei eni. Collon ni rai o'r staff mewn ffrwydriad yn yr is-is-is-seler. Ac yn fuan ar ôl y *digwyddiad* hwnnw, cawson ni'r cynnig i fabwysiadu Tunde. Ddwedodd neb air am hyn, ac ofynnon ninnau ddim cwestiynau chwaith. Ro'n ni …'

Roedd hi'n crio nawr, fel petai'n torri'i chalon.

'Ro'n ni'n dyheu am gael babi bach …'

Gwenodd Aan yn garedig. 'Gymeroch chi ein cyw ni a'i fagu fel eich plentyn eich hun – ry'n ni'n ddiolchgar iawn.'

Cododd ei dwylo a thynnu'i phen-wisg, gan ddatgelu wyneb oedd yn edrych bron iawn fel wyneb dynol – er bod ganddi orchudd o blu mân du dros ei chroen. O edrych yn fanwl, roedd ei thrwyn yn debyg i big. Gorweddai ei chlustiau yn erbyn ei phen, ac roedd ganddi wallt fel Tunde, ond yn fwy pluog na chyrliog. Roedd hi'n arallfydol o ran **ymddangosiad**, ond yn brydferth. Fel aderyn-dduwies Affricanaidd.

Siaradodd Jiah heb feddwl. 'Tunde, menyw-aderyn yw dy fam enedigol,' meddai.

'Rhaid i fi eistedd i lawr,' ebychodd Hef.

Nodiodd Dembe. 'Mae hyn yn fwy cŵl nag unrhyw beth dwi 'di gweld erioed. Tunde – mae dy rieni di'n adar *ac* yn bobl. Parch!'

'Ddwedodd hi bod rhaid i ni achub fy nhad genedigol, Yr Arweinydd Aruchel,' eglurodd Tunde. 'Mae e wedi'i garcharu yn is-is-is-seler Y Safle.'

'Ie,' atebodd Ruth, 'ond mae 'na broblem fach …'

'Be? Pa fath o broblem? Wyt ti'n–'

Ond cyn i Ruth fedru ateb, taranodd dwsinau o draed trwm ar hyd y llwybr ffrynt, ac yna BAM!

Hedfanodd y drws oddi ar ei ffrâm!

Ochneidiodd Ron. 'Allech chi fod wedi canu'r gloch!'

Ond doedd neb yn gwrando. Roedd pawb yn syllu mewn braw ar griw o staff Y Safle. Roedden nhw'n gwisgo helmedau,

menig, mygydau a dyfeisiau cyfathrebu, ac yn edrych yn **FYGYTHIOL IAWN**. Roedd pob un cario arfau rhyfedd. Camodd un 'mlaen a thynnu'i helmed.

'Helô, bawb,' meddai Marcus Humphries, yn fawreddog. 'Mae'n bryd i chi i gyd ddod gyda ni i'r Safle, er mwyn i ni gael sgwrs fach. Cewch chi deithio'n rhad ac am ddim, felly dilynwch fi.'

Edrychodd Aan arno. 'Fe af i ar 'y mhen fy hun.'

Gwenodd Humphries yn oeraidd a dweud, 'Na. Gwell i chi *beidio*,' wrth i swyddog diogelwch gamu 'mlaen. Cyn i neb allu dweud gair, llifodd mwg cwsg i'r stafell gan achosi i bawb oedd heb fwgwd lewygu, fel ffans ifanc mewn cyngerdd pop.

Eiliadau'n ddiweddarach, wrth i'r cerbyd diogelwch anelu am Y Safle, hedfanodd pioden (ti'n cofio'r bioden oedd yn y

Prolog?) dri deg metr uwch ei ben. Roedd yr aderyn wedi bod yn eistedd ar y silff ffenest yn gwrando ar bopeth. Am hwyl! Allai hi ddim aros i ddweud wrth ei ffrindiau be glywodd hi. Roedd gan y bachgen ADENYDD!

Roedd y bioden wedi gweld pawb yn cael eu hel i'r fan: y teulu Wilkinson, grŵp bach o blant, menyw oedd yn debyg iawn i aderyn (roedd hi'n **arogli** fel aelod o'r teulu), a rhywbeth oedd yn arogli fel cath enfawr, sinsir.

Penderfynodd y bioden eu dilyn.

Siglodd ei phen wrth wibio'n ei blaen, gan fwyta pryfed a chwilod anlwcus ar y ffordd.

Yna plymiodd i edrych drwy'r ffenestri wrth i'r cerbyd rasio ar hyd y lôn. Chafodd hi ddim cyfle i weld llawer, ond sylwodd ar y fenyw-aderyn. Roedd honno wedi'i rhwymo a'i gagio yng nghefn y fan.

Eisteddai Ron a Ruth **yn sedd flaen** y cerbyd, heb sylwi ar y bioden fusneslyd yn hedfan wrth eu hymyl.

Roedd Tunde, Jiah, Dembe, Hef a Kylie yn hanner cysgu a breuddwydio yn y cefn, a'u gwregysau diogelwch yn eu cadw rhag **sboncio** o'u seddau.

Breuddwydio am rywbeth mawr a llachar, fel seren, roedd Tunde … rhywbeth ffyrnig a pheryglus. Roedd e wedi cael y freuddwyd hon o'r blaen … a nawr roedd hi'n digwydd yn amlach.

Fflapiodd y bioden ei hadenydd, a hedfan dri deg metr yn uwch na'r cerbyd unwaith eto wrth i'r fan gyrraedd Y Safle. Tybed a oedd y bachgen mewn perygl? Am ryw reswm roedd y lle'n codi ofn arni.

9
CROESO CYNNES

Gyrrodd cerbyd Y Safle drwy gyfres o giatiau, pob un â system sganio llais, llygad ac ôl bawd.

Roedd y gyrrwr yn amyneddgar iawn i ddechrau, ond erbyn y ddau stop olaf, roedd ei lygaid yn brifo ar ôl cael eu taro droeon â laserau. Heb sôn am ei fys bawd, oedd yn teimlo fel petai rhywun wedi'i daro â morthwyl cartŵn.

Blinciodd y gyrrwr sawl gwaith, ac yna anelu am is-is-is-seler Y Safle, lle'r oedd arbrofion cyfrinachol yn cael eu cynnal **bob dydd**. Dyma'r union labordy lle brathodd y dyn ymbelydrol bry cop jyst er mwyn gweld beth fyddai'n digwydd; a lle cafodd uncorn du-fel-glo y swyddfa gornel ar y pumed llawr â golygfa braf o'r ffenestri ei greu, achos pwy fyddai'n mentro dweud 'Na' wrtho?

Roedd y grŵp wedi goroesi effeithiau'r mwg cwsg, ac ar ôl cael eu rhyddhau o'u rhwymau, cawson nhw eu hel i mewn i'r Safle.

Camodd Emil Krauss o'r cysgodion a syllu'n fanwl arnyn nhw.

Gwelodd fod Aan yn rhan o'r grŵp, a Juba hefyd, a nodiodd yn serchog ar y ddau. Wnaeth e ddim **GWEIDDI**,

'Waw, mae hi'n edrych yn union fel Meghan Markle â phlu!' neu, 'Mae 'na gath enfawr, sinsir yn sefyll draw fan'na!' Na. Roedd Emil yn hollol s dawel a digyffro.

Deallodd Tunde'n reddol ac ar unwaith mai Emil oedd yng ngofal y lle. Roedd e eisiau gofyn miliynau o gwestiynau clyfar – wedi'r cyfan, roedd wedi cael ei ddewis i stopio rhyfel rhwng dau ddimensiwn – ond yr unig beth ddywedodd e oedd: 'Pwy wyt ti? Beth wyt ti eisie?'

Gwenodd Emil yn groesawgar. 'Tunde. Dwi ddim wedi dy weld di ers pan oeddet ti'n wy. Fy enw i yw Emil Krauss, a fi, falle, yw'r rheswm am hyn i gyd.'

Rheswm? meddyliodd Tunde. Cadwodd Aan a Juba'n dawel. Ceisiodd gweddill y plant ganolbwyntio, gan wneud eu gorau glas i anwybyddu'r ffaith eu bod wedi cerdded i mewn i guddfan gyfrinachol oedd yn edrych fel rhywbeth mewn ffilm James Bond.

Edrychodd Emil heibio iddyn nhw.

'Aha, Marcus – **dyma ti**. Tunde, dyma fy "rhif dau", Marcus Humphries. Ry'ch chi wedi cwrdd yn barod – ond gadewch i fi eich cyflwyno'n ffurfiol.'

Safai Marcus Humphries yn y drws, gwên dynn ar ei wefus, a'i lygaid yn oer fel iâ.

'Marcus Humphries, dyma Tunde Wilkinson. Ti'n ei adnabod, wrth gwrs.'

Gwenodd Marcus yn dynnach fyth a dewis peidio â dweud gair. Aeth Emil yn ei flaen.

'Ruth, Ron – braf iawn eich gweld. Dylet ti fod yn falch iawn o dy rieni, Tunde – dy rieni mabwysiadol, hynny yw. Dy

fam yw pennaeth yr adran theori gêm a thechnoleg ddigidol, ac mae hi'n hollbwysig i'n sefydliad. Ac mae dy dad yn arbenigo mewn geneteg a phethau felly. Ydw i'n gywir?'

Nodiodd Ron.

'Gwaith **addawol** iawn,' ychwanegodd Emil.

Nodiodd Ruth yn araf, ond roedd Ron yn methu credu'i glustiau. Roedd wedi gweithio yn Y Safle ers ugain mlynedd, a dyma'r tro cyntaf i rywun ei ganmol.

Siaradodd Emil eto. 'Pan ddoist ti **allan** o dy wy – ac roedd e'n wy eitha mawr, Tunde – ro'n i'n deall y byddai angen tipyn o help arnat ti i fyw bywyd normal. Gallen ni fod wedi dy gadw yn Y Safle, ond byddai hynny braidd yn greulon. Felly – fy syniad i oedd dy guddio yng nghanol y dorf, a gwneud yn siŵr dy fod ti'n cael dy fagu mewn ffordd fyddai'n dy baratoi ar gyfer y dasg o dy flaen.'

Llyncodd Tunde. 'A beth yw'r dasg?'

Ochneidiodd Emil Krauss. 'Mae dy deulu genedigol a'u gelynion wedi bod yn rhyfela am ganrifoedd. Dwi'n credu mewn heddwch. Heddwch i ni i gyd, dim ots pwy ydyn ni, nac o ble ry'n ni'n dod. Dwi wedi **profi** rhyfel fy hun, ac wedi colli anwyliaid. Mae rhyfel cyson yn wenwyn, yn bla, a dylen ni wneud ein gorau i ddod ag e i ben. Felly, penderfynais i mai'r unig ffordd i ddysgu heddwch i'r Ffwriaid a'r Adaarol oedd drwy ddod â ti yma, Tunde, a threfnu i ti gael dy fagu ymysg bodau dynol. Er mwyn i ti allu dysgu am gyfaddawd a sut i fyw mewn cymdeithas amherffaith. Er mwyn i ti gael gofal rhieni oedd yn dy **garu** ac eisie i'w mab fod yn garedig ac yn iach, yn fwy na dim arall. A thrwy hynny, dyma ni'n gwneud yn siŵr dy fod ti'n gallu byw fel un ohonon ni.'

Siglodd Tunde'i ben. 'Dwi ddim yn deall pam oedd yn rhaid esgus ….'

'Wel, edrych arnat ti dy hun, Tunde. Rwyt ti'n Ddu, â gwallt cyrliog a thrwyn pigog. Hefyd, mae gyda ti adenydd,'

Torrodd Hef **ar ei draws**. 'Mêt,' meddai'n daer, 'est ti i ysgol ble'r oedd bron neb yn edrych fel ni. Dychmyga be fyddai wedi digwydd petaet ti hefyd yn hedfan o gwmpas mewn gemau pêl-droed!'

'Byddai adenydd yn ddefnyddiol iawn mewn gemau pêl-fasged,' chwarddodd Jiah.

'Ond sut alla i helpu?' holodd Tunde.

'Hoffet ti gwrdd â dy dad genedigol?' gofynnodd Emil yn dawel. 'Mae e i lawr staer.'

Ar y gair, aeth draw at y lifft, a dilynodd PAWB, gyda Marcus Humphries yn dynn wrth eu sodlau.

Yn yr is-is-is-seler, roedd yna gamerâu diogelwch ar bob wal, pob cownter, ac ym mhob twll a chornel. Gyrrodd Krauss orchymyn tawel dros ei radio. 'Trowch y camerâu i ffwrdd, os gwelwch yn dda.'

Yn sydyn chwyrlïodd pob camera, gan droelli ac ysgwyd, cyn disgyn wyneb i waered fel pobl sydd wedi yfed gormod mewn barbeciw.

Gyrrodd Krauss neges arall dros ei radio. 'Agorwch ddrysau'r gell, os gwelwch yn dda.'

Ar ôl clician, clecian a gwichian, gwibiodd dau ddrws enfawr ar agor ar olwynion bychain – **SHNNNNNNN-NNSSSSSSSSSSSSSSSS!**

Wrth i'r drysau agor led y pen, daeth cysgod mawreddog i'r golwg a sefyll o'u blaenau.

Camodd Aafen yn nes, fel bod y golau'n disgyn arno. Roedd e'r un siâp â bod dynol, ac yn saith troedfedd o daldra, gyda

thrwyn fel pig a llygaid braidd yn **BELLACH** wrth ei gilydd na pherson cyffredin. Roedd ei groen yn ddu, a'i wallt yn dduach fyth ac yn bluog fel gwallt Aan – ac yn debyg i wallt Tunde.

Allai Dembe ddim credu'i llygaid. 'Tad genedigol Tunde yw e, ac edrychwch! Edrychwch ar ei drwyn! Edrychwch ar ei lygaid! Dyma'i rieni, yn ben-dant!'

Roedd Tunde wedi'i **SYFRDANU**, ac yn panicio hefyd. Roedd ei fam a'i dad genedigol, yn sefyll o'i flaen. Trodd at Ruth a Ron am help, wrth i'r ddau wenu'n galonogol arno.

Trodd Tunde at Krauss. 'Pam mae e'n cael ei gadw fan hyn, yn yr is-is-is-seler?'

Atebodd Krauss, 'Falle dylet ti siarad ag e gynta. Cer draw ato.'

Cerddodd Tunde'n araf at ei dad genedigol.

Camodd i mewn i'r gell. Roedd hi'n enfawr, fel neuadd – ac yn amlwg wedi'i dylunio ar gyfer creaduriaid maint dynol, oedd yn gallu hedfan.

Roedd mwy na digon o le i Aafen ymestyn ei adenydd, a digon o le iddo glwydo. Roedd hi'n atgoffa Tunde o gawell byji enfawr.

'Ddylen nhw ddim bod wedi gwneud hyn i ti,' meddai Tunde.

Syllodd Aafen arno. 'Ti yw'r cyw. Ry'n ni'n perthyn.'

Nodiodd Tunde a sniffio. Sylweddolodd ei fod yn crio.

'Ga i weld dy adenydd?' gofynnodd ei dad.

Tapiodd Tunde ei frest dair gwaith, fel roedd Juba wedi'i ddysgu. Saethodd ei adenydd o'i ysgwyddau. **WWWWWSSSSSHHHHH!**

Cerddodd ei dad genedigol mewn cylch o'i gwmpas, gan edrych yn fanwl ar yr adenydd. 'Perffaith,' meddai'n dawel. 'Yn well nag o'n i'n disgwyl.'

Gwenodd Tunde'n falch.

'Os gweli di'n dda,' meddai'i dad, 'dangos i fi sut wyt ti'n hedfan.'

Neidiodd Tunde i'r awyr a **HEDFAN** drwy'r neuadd, gan wibio o gwmpas yr offer lle'r oedd Aafen yn gwneud ymarfer corff. Ymunodd Aafen ag e, a dyma'r ddau, y tad a'r mab, yn hedfan drwy gylchoedd, o dan a thros fariau, ac o gwmpas polion. Ar ôl iddyn nhw lanio unwaith eto, chwarddodd Aafen yn llawn cyffro.

'Rwyt ti'n gryf, yn bwerus, ac yn ardderchog, fy mab.'

'Diolch … Dad.' Taflodd Tunde'i freichiau am ei dad, cyn i Aafen gydio yn ei ysgwyddau ac edrych i fyw ei lygaid.

Yna chwibanodd Aafen alaw fach, ac wrth i'r nodau **DDISGYN** i'w ymennydd, deallodd Tunde bopeth.

Yn yr iaith Adaarol, meddai'i dad: 'Dwi wedi bod yn cynllunio ar gyfer hyn ers tymhorau lawer. Ein tasg gyntaf yw dianc o'r lle 'ma, wedyn fe wnawn ni ymosod ar y bodau dynol a'u dinistrio, cael gafael ar y llong ofod, neidio'n ôl i'n dimensiwn ni, a difetha'r Ffwriaid unwaith ac am byth. Byddi di'n teyrnasu wrth fy ochr rhyw ddiwrnod, ti fydd yr arweinydd dewr ddaw â chlod a bri i'n pobl.'

Syllodd Tynde arno mewn braw. Ac ar ôl dod ato'i hun, gofynnodd yn ofalus: 'Byddwn ni'n dal i ryfela am byth, felly?'

'Cywir.'

Dechreuodd Aafen glicio a chwibanu'n falch.

Trodd Tunde at ddrysau'r gell a dweud, 'Dwi'n meddwl y dylet **ti a Mam** gael sgwrs fach.'

Edrychodd yr Arweinydd Aruchel ar Tunde a dweud, 'Mam? Beth yw 'Mam'?'

⑩
Y DRAFODAETH

Roedd Tunde'n dechrau difaru'r cyfan.

Roedd Aan ac Aafen wedi bod yn cael rhyw drafodaeth fywiog, os allwn ni ddweud, am bron i awr a hanner. Diolch i offer cyfieithu Juba, roedd y plant yn deall bob gair o'r **ddadl** rhyngddyn nhw, a chyn hir, roedden nhw'n teimlo fel rhoi'u bysedd yn eu clustiau.

Aan oedd yn siarad fwyaf.

' … Meddwl am dy les dy hun wyt ti, ontefe? Ti a dy gynlluniau mawreddog i goncro'r Ffwriaid a chael yn union be wyt ti eisie drwy'r amser. Dwyt ti ddim yn meddwl amdana i. Ti'n disgwyl i fi wneud dim byd ond … **dodwy wyau** o hyd, gan obeithio y cei di fab sy'n union fel ti, mab sydd eisie dal ati i ymladd ac ymladd ac ymladd a – dwi 'di blino, Aafen.'

Edrychodd Aafen i fyw ei llygaid. 'Mae'n rhaid i ti ddeall hyn – **ein pwrpas ni** mewn bywyd *yw* rhyfela yn erbyn y Ffwriaid, neu unrhyw grŵp arall sy'n **CEISIO DWYN** ein hetifeddiaeth. Dyna'n hunig bwrpas. Amddiffyn ein hetifeddiaeth.'

Syllodd Aan yn gas arno a chodi'i hysgwyddau. Crynodd ei phlu wrth iddi boeri ateb:

'Pa etifeddiaeth? Mae ein hetifeddiaeth wedi'i dinistrio'n llwyr. Ry'n ni'n byw mewn anialdir. Bob tro ry'n ni'n codi i'r awyr, does dim byd ond difrod i'w weld islaw. Ry'n ni'n rhyfela drwy'r amser – naill ai'n ymosod, neu mae rhywun yn ymosod arnon ni. Mae hyn wedi bod yn digwydd dros gyfnod rhy hir.'

Cliriodd ei llwnc. 'Ac felly, dwi wedi dechrau newid y drefn.'

Ciledrychodd ar Emil Krauss, a nodiodd y gwyddonydd.

Plygodd Aafen ei ben i'r ochr, ac ysgwyd ei blu. 'Pa newid?' meddai. 'Beth wyt ti 'di wneud?'

Cododd Aan ei phig yn falch. 'Dwi wedi bod yn siarad â Juba, y diplomydd Ffwraidd.'

'Ti wedi bod yn siarad ag un o'r Ffwriaid? Am be?' blinciodd Aafen ei lygaid llachar.

Symudodd ei ben 'nôl a 'mlaen fel ceiliog ar ôl yfed gormod o goffi.

Syllodd Aan i'w wyneb a siarad yn araf ac yn glir, er mwyn gwneud yn siŵr ei fod e'n deall.

'Ers y diwrnod y diflannest ti a mynd â'n cyw gyda ti, dwi wedi bod yn ceisio sicrhau heddwch.'

'Am syniad gwirion,' snwffiodd Aafen.

'Dwi ddim yn gwneud hyn ar fy mhen fy hun, Aafen. Mae'r menywod Adaarol i gyd yn cytuno: heddwch yw'r unig opsiwn o hyn 'mlaen. Ac mae'r menywod Ffwraidd yn cytuno hefyd.'

Edrychodd Kylie, Jiah a Dembe ar ei gilydd. **HISIODD** Dembe, 'Pŵer i'r merched!'

'Shh!' Cydiodd Ruth yng nghlust Dembe a sibrwd, 'Gwranda!'

Aeth Aan yn ei blaen, yn benderfynol o gael dweud ei dweud.

'Ry'n ni a'r menywod Ffwraidd wedi paratoi cytundeb heddwch ac ry'n ni'n gofyn i Arweinwyr Aruchel y ddwy blaned ei arwyddo. Bydd y cytundeb yn sicrhau heddwch i bawb am byth. Wedyn, byddwn ni'n gallu helpu ein gilydd i **ailadeiladu**, a dechrau o'r newydd. Byddwn ni'n byw gyda'n gilydd, yn ffrindiau, o'r diwedd.'

Rhuodd yr Arweinydd Aruchel, a gollwng corws o chwibanau. Deallodd Tunde bob un. 'Byth bythoedd!' ac 'Wyt ti'n gall?' a 'Byddai'n well gen i hedfan i mewn i dwll du nag arwyddo'r fath rwtsh!'

Y tu ôl iddyn nhw, gwnaeth Marcus ei orau i recordio popeth yn slei bach ar ei ffôn, ond rhoddodd Emil *ei law dros y camera*. 'Rho gyfle iddyn nhw siarad,' sibrydodd. 'Plis!'

Snwffiodd Marcus yn sarrug.

Aeth y drafodaeth yn ei blaen. Dechreuodd Aan gerdded o gwmpas ei phartner, ei hadenydd yn crynu, a'i thymer yn gwaethygu bob tro.

'Wyt ti wedi gwrando o gwbl? Ry'n ni bron iawn â sicrhau heddwch, Aafen, ond mae'n well gen ti ddinistrio pawb a phopeth yn lle derbyn bod angen i bethau newid. Be sy'n bod arnat ti? Wyt ti ddim—'

TORRODD Aafen **AR EI THRAWS**. 'Pig a chrafanc! Fi yw'r Arweinydd Aruchel. Ry'n ni wastad wedi rhyfela. Roedd rhaid i fi amddiffyn y cyw. Fe yw'r Mab Rhagweledig! Bydden nhw wedi'i ladd.'

Agorodd ei adenydd led y pen a'u hysgwyd yn chwyrn,

nes bod y gwynt yn chwythu i wynebau pawb.

'Mae hon fel gêm denis **rili diflas**,' ochneidiodd Tunde. 'Un sy'n mynd 'mlaen am byth a neb yn ennill.'

'Dyna be mae Mam wastad yn dweud wrth barau priod sy'n dod i gael therapi …' meddai Kylie, cyn gweiddi'n sydyn. 'Ieeee!'

'Be?' holodd Tunde.

'Mae Mam wedi dweud wrtha i am hyn,' meddai Kylie, a'i llygaid yn sgleinio. 'Weithiau, pan mae hi'n cwnsela parau priod, maen nhw'n styfnigo. Mae'r naill a'r llall yn ofni newid eu barn, ac felly mae'n amhosib symud 'mlaen.'

Pwyntiodd Juba'i declyn **CYFIEITHU** at Kylie. Roedd hyn yn ddiddorol iawn.

'Kylie – alla i ddim gwahodd dy fam di 'ma – byddai hi'n mynd yn wallgo. Mae fy rhieni genedigol yn êliyns ac maen nhw'n cael dadl ffyrnig. Ac ar ddiwedd y ddadl, falle bydd fy nhad genedigol yn dinistrio'r byd a phawb sy ynddo fe. A beth bynnag –' pwyntiodd Tunde at Krauss a Humphries – 'fydden nhw ddim yn fodlon iddi ddod 'ma.'

'Mae'n rhaid iddyn nhw siarad â rhywun, os ydyn nhw eisie heddwch go iawn. Gwranda, mae Mam yn gwneud hyn **bob dydd**, mae hi 'di sgrifennu llyfrau am y peth – byddai hi'n gwybod yn union beth i'w wneud.'

'Mae hwnna'n syniad eitha da, mêt …' nodiodd Hef.

Cytunodd Jiah. 'Mae unrhyw beth yn well na hyn – mae'r ddadl 'ma'n hirach na gwasanaeth diwedd tymor.'

Camodd Tunde at Aafen ac Aan. Roedd y ddau'n dal i weiddi'n wyllt.

'Esgusodwch fi,' meddai'n uchel. 'Mae fy ffrind i, Kylie, yn deall be sy'n digwydd fan hyn, ac mae hi wedi cynnig ateb fydd o help i'r ddau ohonoch chi. Yr ateb hwnnw yw ... yw cyfaddawd.'

Syllodd yr Arweinydd Aruchel i lawr ei big arno. 'Dim ond cyw yw e, dyw e'n gwybod dim. Rhaid i ni fynd 'nôl i'n byd ni i baratoi am ryfel.'

Ffrwydrodd Aan. 'Rhyfel rhyfel rhyfel rhyfel rhyfel rhyfel! Blablablablablablablabla! Wyt ti'n clywed dy hun?'

Doedd neb erioed wedi siarad ag Aafen fel hyn. Stopiodd yn stond a syllu arni'n gegagored.

Edrychodd Aan arno a nodio. 'Mae e wedi bod fel hyn erioed. Mae e wastad yn mynnu'i ffordd ei hun, a dim arall.'

EDRYCHODD Tunde ar ei rieni genedigol. 'Mae mam Kylie'n therapydd arbennig sy'n helpu cyplau â phroblemau. A dwi'n meddwl bod angen i ni siarad â hi nawr.'

'Oi, allwch chi ddim llusgo Mam i mewn i'r Safle,' meddai Kylie. 'Mae hi'n gweithio yn ei swyddfa, a'i swyddfa hi yn unig.'

Nodiodd Dembe a dweud, 'Rhaid i chi ffeindio ffordd arall o gyfathrebu, chi'ch dau. 'Dyw hyn ddim yn gweithio.'

Edrychodd Emil ar Marcus. 'Wel?'

Atebodd Marcus ar unwaith. 'Gallwn ni ddefnyddio cerbyd Y Safle i fynd â nhw, a gwneud yn siŵr ein bod ni'n talu'r therapydd yn dda a, gyda lwc, bydd y canlyniad yn un positif. Wrth gwrs, gallen nhw rwygo'r therapydd yn ddarnau â'u pigau os nad ydyn nhw'n hoffi'i chyngor ... ond mae'n werth y risg.'

Gwyliodd Tunde Marcus yn siarad, ac yn sydyn,

sylweddolodd rywbeth pwysig. Er bod gan Marcus wên fawr a llais slic, doedd Tunde *ddim yn ei drystio o gwbl.*

Yn y cyfamser, roedd Krauss yn gyrru neges dros ei radio, a chyn hir, roedd y a **cerbyd** yn disgwyl amdanyn nhw ar yr iard uwchben.

Chwarddodd Marcus. 'Paid â phoeni am hynny,' meddai, gan wenu a dangos ei ddannedd i gyd. 'Mae gyda ni ffyrdd o gael gafael ar wybodaeth.'

Gyrron nhw'n gyflym drwy'r strydoedd. Sylwodd neb ar y rhes o biod chwilfrydig yn dilyn uwchben.

Yn fuan iawn, parciodd y cerbyd o flaen tŷ Kylie. 'A' i i mewn yn gynta,' meddai hithau wrth bawb. 'Dwi ddim eisie dychryn Mam. Mae hi'n eitha sensitif. Bydd rhaid i fi esbonio popeth yn ofalus iawn. Wedyn falle bydd rhaid iddi gynnau cannwyll a myfyrio am dipyn bach er mwyn delio â'r holl straen.'

Gollyngwyd y ramp a brysiodd Kylie at ddrws ffrynt y tŷ. Cnociodd ar y drws ac atebodd ei mam. Roedd hi'n gwisgo crys oren, sgert hir, ac esgidiau pigfain. Roedd sgarff am ei phen a'i llygaid yn drwch o golur porffor.

'Kylie! Pam wyt ti adre o'r ysgol? O'n i'n **MEDDWL** bod 'na gêm bêl-droed.'

Roedd rhaid i Jiah stopio'i hun rhag chwerthin; trodd at Dembe a sibrwd, 'Mae mam Kylie'n gwisgo fel fy anti i!'

Chymerodd Kylie ddim sylw, gan ddweud, 'Mam, dwi angen dy help di.'

'Dwi'n brysur nawr, cariad. **A dweud y gwir**, dwi ar ganol sesiwn, a newydd gyrraedd trobwynt.'

'Bydd rhaid i ti ddweud wrth y cleientiaid am fynd.'

'Mynd? Alla i ddim dweud wrth ddau gleient am fynd, Kylie – maen nhw wedi talu am y sesiwn. Alla i ddim–'

Yn sydyn, **ymddangosodd** Marcus a mynd i sefyll wrth ymyl Kylie. Gwenodd yn annwyl. 'Sori i dorri ar eich traws, Mrs Collins. Mae gyda ni ddau gleient newydd i chi, ac mae'n bwysig iawn eich bod chi'n cwrdd â nhw nawr. O ran tâl, dwi'n siŵr y bydd hyn yn dderbyniol,' meddai, a rhoi amlen iddi.

Agorodd mam Kylie'r amlen a gweld rholyn o bapurau pum deg punt – rholyn digon mawr i dagu deinosor! Trodd ar ei sawdl ar unwaith a mynd i mewn i'r tŷ; ymhen eiliad, daeth 'nôl â chwpl **truenus** yr olwg, yn eu dagrau, y ddau'n dal bocs o hancesi wrth gael eu hel o'r tŷ. 'Gwaith gwych, hyfryd iawn,' meddai mam Kylie. 'Wela i chi'r wythnos nesa. Gewch chi gadw'r hancesi.'

Gwthiodd y ddau drwy'r drws a throi i wynebu Kylie a'r criw oedd yn dod allan o'r cerbyd.

'Nawr, beth y'ch chi eisie i fi wneud?'

Nodiodd Marcus ar Krauss. Wedi i Krauss wneud rhyw arwydd arbennig, **hedfanodd** Aan ac Aafen ato a glanio ar garreg y drws.

Camodd Juba 'mlaen hefyd, gan dynnu'i hwd a dangos ei wyneb blewog. 'Dwi'n deall eich bod chi'n gwnselydd o'r safon ucha. Ry'n ni angen eich cymorth chi.'

Edrychodd mam Kylie ar y tri creadur, a disgyn i'r llawr gyda **CHLEC!** uchel.

Wrth i Kylie fynd i ddeffro'i mam, canodd ffôn Emil Krauss. Camodd i'r naill ochr a siarad am rai munudau. Pan orffennodd y sgwrs, sylwodd Tunde'i fod yn edrych yn wyllt gacwn.

'Marcus,' meddai. 'Ga i siarad â ti am funud?'

Eisteddodd mam Kylie i fyny a blincio ar y creaduriaid estron, wrth i Krauss a Marcus gerdded i ffwrdd.

'Dyma …?'

'Dy gleientiaid newydd? Ie, Mam, dyma nhw.'

Eisteddodd pawb y tu allan i'r stafell therapi wrth i'r sesiwn fynd yn ei blaen y tu mewn. Clywson nhw leisiau'n codi mewn tymer yn gymysg â mwmial **tyner** mam Kylie.

Clywson nhw Aan yn dweud, 'Ry'n ni bron â sicrhau heddwch. Yr unig beth sy'n rhaid i ti wneud yw cefnogi'r cynllun, ac wedyn fe allwn ni **ailddechrau**.'

Yna dyma nhw'n clywed mam Kylie'n siarad yn dawel, wedyn llais yr Arweinydd Aruchel yn dweud, 'Fi sy â'r ffon siarad nawr. Beth yw pwynt heddwch? Bydd y Ffwriaid yn siŵr o ymosod eto. Dy'n nhw ddim yn debyg o **newid?**'

Nodiodd Juba. Roedd hynny'n wir.

Yna gwelodd rywbeth ar silff gerllaw. Chwifiodd y teclyn cyfieithu uwch ei ben. Llyfr oedd e o'r enw *Os Wyt Ti'n fy Ngharu i, Gad i fi Ennill Weithiau: Awgrymiadau Cyflym i Barau Prysur*, gan Lisa Collins.

Roedd llun o fam Kylie ar y clawr, yn gwisgo dau grys gwahanol ac yn dadlau â hi ei hun.

Darllenodd Juba'r llyfr gyda help y teclyn cyfieithu, gan nodio'n eiddgar bob yn ail dudalen. Syllodd Dembe arno.

'Ti'n darllen hwnna?' gofynnodd.

'Nac ydw. Dwi'n ei amsugno.'

'Cymer un. Cymer chwech!' meddai Kylie. 'Mae 'na focsys ar focsys ohonyn nhw'n magu llwch yn y garej.'

Nodiodd Juba'n feddylgar a dal ati i sganio.

Ymhen tua awr, agorodd y drws. **GWTHIODD** mam Kylie'i phen allan a gwenu'n falch.

'Dwi'n credu,' meddai, 'ein bod ni wedi symud 'mlaen

heddiw.'

Agorodd y drws led y pen a gadael i'r ddau arall ddod allan.

Roedd ffon fach yn llaw'r Arweinydd Aruchel, ac wrth arwain Aan o'r stafell, dywedodd wrthi, 'Dwi wedi bod yn ffŵl. Dwi ddim wedi gwrando arnat ti. Dwi'n dy garu di.'

Cymerodd Aan y ffon a **DWEUD**:

'O leia rwyt ti wedi trio gwrando ar fy marn i. Dwi'n hoffi'r Aafen newydd hwn. Falle, drwy siarad fel hyn, gallwn ni fyw mewn heddwch a symud 'mlaen.'

Nodiodd Aafen yn eiddgar a chydio yn y ffon eto.

'Dwi wedi bod yn gwastraffu amser.'

Cododd Juba'i ben. 'Mae 'na lawer o wersi pwysig yn y llyfr hwn all ein helpu i drafod heddwch.'

Nodiodd yr Arweinydd Aruchel. Mwythodd blu Aan a dweud, 'Dwi'n dy garu di'n fawr iawn.'

Edrychodd Aan arno a dweud, 'Hmm. Paid â mynd dros ben llestri.'

Ymddangosodd Krauss wrth y drws. 'Helô, bawb.'

'Newyddion da,' meddai Tunde. 'Dwi'n credu bod fy rheini genedigol wedi cytuno i gyfaddawdu.'

Nodiodd Krauss. 'Newyddion gwych. Ond mae 'na newyddion drwg hefyd. Mae'r Ddaear mewn perygl. Mae llongau rhyfel y Ffwriaid wedi hedfan drwy'r rhwyg dimensiynol, a bron â chyrraedd ein hatmosffer.'

Nodiodd Juba'n flinedig ac edrych ar y llyfr. 'Maen nhw wedi cael eu dal mewn patrwm diddiwedd o ymddygiad gwael. Mae'n ddigon cyffredin. Mae Lisa Collins yn egluro hyn ym Mhennod Naw –'

Torrodd yr Arweinydd Aruchel ar ei draws.

'Dylen ni fynd yn ein llong ofod i **weld** a oes 'na ffordd o berswadio'r Ffwriaid i beidio ag ymosod. Grŵp bach o wrthryfelwyr ydyn nhw. Falle gallwn ni ddefnyddio'r ffon siarad.'

'Paid ti â mynd hebdda i,' meddai Aan.

'Dwi eisie dod hefyd,' ymbiliodd Tune.

Nodiodd Dembe, Kylie, Jiah a Hef hefyd, wrth i Kylie fentro siarad dros bawb arall: 'Dy'ch chi ddim yn mynd i unman hebddon ni.'

Edrychodd Ron a Ruth yn falch ar y plant.

Gwenodd Krauss. 'Ry'ch chi i gyd yn ddewr dros ben. Iawn, dewch, bawb, 'nôl i'r cerbyd.'

Ac allan â phawb yn un rhes. Arhosodd Juba nes i'r lleill ddringo i'r cerbyd, ac yna estynnodd ei bawen yn gwrtais i fam Kylie.

'Ry'ch chi'n ddoeth iawn, ac wedi achub dwy blaned rhag dinistrio'i gilydd. Diolch yn fawr iawn, oddi wrthon ni i gyd.'

Cydiodd Juba yn ei llaw a'i llyfu, cyn dringo i'r cerbyd a chau'r drws. Yn sydyn, daeth **CLEC** enfawr o'r tu allan yn rhywle. Roedd mam Kylie wedi llewygu eto.

Brysion nhw'n ôl i'r Safle, ac ar ôl i Krauss yrru neges dros ei radio, gyrron nhw'n syth heibio i bob prawf diogelu, a chyrraedd y labordy yn yr is-is-is-seler ymhen munudau.

'I lawr fan hyn,' galwodd Emil Krauss, gan redeg fel person oedd yn llawer iau na chan mlwydd oed.

Dyma nhw'n **brysio** i'r Stafell Neidio Dimensiynau.

'Waw,' meddai Tunde wrth **gamu** drwy'r drws ac edrych ar y llong ofod enfawr. Roedd e wedi breuddwydio am longau gofod o'r blaen, wrth gwrs – ond doedd e erioed wedi disgwyl gweld un go iawn.

Wrth i'r Arweinydd Aruchel ddod i mewn i'r labordy mawr, **cododd** y llong ofod i'r awyr a hofran yn ddisgwylgar uwch y llawr.

'Mae'n symud,' meddai Marcus yn llawn cyffro. 'Ry'n ni 'di bod yn trio dysgu sut i wneud hyn ers blynyddoedd.'

Cododd yr Arweinydd ei ysgwyddau. 'Mae'r llong yn ymateb i signalau Adaarol, a dim arall.'

'Fel DNA?' holodd Jiah.

Prociodd Hef ei braich. 'Pam wyt ti'n siarad â'r dyn-aderyn? Paid. Mae e'n ffyrnig.'

'Mae'n ddiddorol,' atebodd Jiah. 'Dwi eisie dysgu mwy. Wrth gwrs 'mod i eisie siarad ag e. Onest, Hef, **ti'n fabi mam**. Dwi'n wyddonydd ac mae hyn yn fwy diddorol na dwbl maths a ffiseg.'

Aeth Aafen yn ei flaen i esbonio:

'Mae'r llong yn ymateb i signalau Adaarol, neu signalau pobl sy'n perthyn i ni, neu sy'n gweithio ochr yn ochr â ni. Mae'n darllen ein meddyliau yn lle dilyn symudiadau corfforol.'

Agorodd drysau'r llong a datgelu'r tu mewn glân a sgleiniog.

'Mae'r Llong Ofod Naid-blanedol Glyfar Iawn yn **barod** i fynd', meddai llais cyfarwydd. 'Hoffet ti chwarae, Tunde?'

Edrychodd Aafen yn llym ar ei fab. 'Wyt ti wedi bod yn chwarae â'r llong yma, cyw?'

Edrychodd Tunde arno'n swil. 'Ymmm … dwi ddim yn siŵr – ond falle bod Mam wedi …'

Camodd Ruth 'mlaen. 'Ro'n ni eisie gwneud yn siŵr bod Tunde'n gyfarwydd â'r dechnoleg. Dwi wedi bod wrthi ers blynyddoedd, yn trio darganfod sut mae'r llong yn gweithio. Ond ches i ddim lwc nes i Tunde a'i ffrindiau ddechrau defnyddio'r dechnoleg fel gêm. Fe wnaeth LL.O.N.G.I. ymateb i'r plant. Mae'n eu hadnabod nhw.'

Nodiodd Aafen yn ddwys. 'Diolch,' meddai, 'am hyfforddi ein cyw.'

'Gobeithio bydd eich cenhadaeth heddwch yn llwyddo,' nodiodd Ruth hithau.

Camodd Marcus 'mlaen hefyd. 'Dwi'n dod gyda chi.'

'Dyw hynny ddim yn syniad da, Marcus,' torrodd Krauss ar ei draws. Dim ein busnes ni yw hwn. Ry'n ni wedi ymyrryd unwaith er mwyn heddwch, ond nawr mae'n bryd i ni gamu i ffwrdd.'

Tywyllodd wyneb Marcus. 'Dwi wedi bod yn aros am hyn am dros ddeuddeg mlynedd,' meddai. 'Ers i'r llong gyrraedd, ro'n i'n gwybod y byddwn i'n teithio ynddi rhyw ddydd!'

Edrychodd Krauss arno. 'Marcus, mae'r Adaarol wedi bod yn aros am gyfnod hir hefyd. Maen nhw'n gweithio dros heddwch, ac mae'n rhaid i ni gofio hynny.'

'Gadewch iddo ddod – gallwn ni gadw llygad arno,' meddai Tunde. 'LL.O.N.G.I. – mae Marcus Humphries yn rhan o'r grŵp nawr, yn 'dyw e?'

'Iawn, Capten Tunde,' atebodd LL.O.N.G.I.. 'Ydyn ni'n barod i hedfan?'

Cerddodd Marcus i mewn i LL.O.N.G.I. mor ddidaro â phetai'n mynd i brynu car ail-law.

'Dembe, ti nesa,' atebodd LL.O.N.G.I. 'Mae'n rhaid i LL.O.N.G.I. dy sganio di – mae'n rhan o'r gêm.'

Bipiodd LL.O.N.G.I. wrth i Dembe gerdded drwy'r drws.

'A, Dembe Diallo, mae gen ti **GANIATÂD** i hedfan.'

Ac yna newidiodd LL.O.N.G.I. i acen Americanaidd a dweud: 'O-cê, ble ma' fy merched i?'

Daeth Kylie a Jiah i mewn ar ras.

'Yr un sgrin ag arfer i fi, ife, LL.O.N.G.I.?' gofynnodd Kylie'n gyffro i gyd.

'Ie,' atebodd LL.O.N.G.I.. 'A, Jiah, dwi wedi cadw popeth 'run fath ar dy sgrin di – achos dwyt ti ddim yn hoffi annibendod.'

'Diolch, LL.O.N.G.I.,' meddai Jiah yn hyderus. 'Wnei di gychwyn drwy gyfrifo'r pellter a'r amser i'r rhwyg dimensiynol? Ry'n ni bron yn barod i fynd.'

Aeth yr Arweinydd Aruchel, Aan, a Juba i'w llefydd yng nghanol y llong. Yna eisteddodd y lleill i lawr, neu sefyll, yn union fel petaen nhw wedi hen arfer â hyn i gyd.

Roedd hi'n union fel chwarae gêm Brwydr Ofod LL.O.N.G.I.; gwisgodd Hef, Jiah, Kylie a Tunde eu gogls a rhoi bandiau am eu garddyrnau. Yn sydyn, roedd y llong yn paratoi i hedfan.

Newidiodd y goleuadau o aur, i goch, i oren, ac yna i wyrdd; edrychodd Marcus o gwmpas yn syn. Eisteddodd

a gwisgo'i wregys. Doedd e ddim wedi cael **bandiau** na gogls.

'Hei,' meddai. 'Ble mae fy offer rheoli i?'

Edrychodd Tunde dros ei ysgwydd.

'Ti yma i wylio. Ni sy'n rhedeg y sioe.'

Gwgodd Marcus. Caeodd y drws.

Dechreuodd Tunde, Jiah, Hef a Kylie siarad a symud ar yr un pryd, fel peiriant. Symudodd Kylie'i llaw wrth i'r sgrin oleuo o flaen ei hwyneb. Arni roedd hologram o sgwariau, cylchoedd, a thrionglau. Gwenodd Kylie, nodio ar un o'r cylchoedd, ac yn **sydyn**, roedd y llong yn hofran dair metr o'r llawr. Symudodd y llong tuag at **FWLCH**. Gwasgodd Kylie un o'r trionglau drwy ddefnyddio pŵer ei hymennydd. Agorodd bwlch arall.

Llithrodd y llong drwyddo, a chaeodd y drws dimensiynol y tu ôl iddyn nhw.

O fewn eiliadau, roedden nhw yn y gofod. Gwibiodd y llong yn ei blaen yn siwpyr-mega-cyflym, a phawb yn siarad â'i gilydd, yn union fel petaen nhw'n chwarae gêm.

'Bant â ni ar garlam.'

'Stopia ddweud "ar garlam"! Dyw e ddim yn gwneud synnwyr.'

'Bant â ni ar ras, 'te.'

'Iawn.'

'Siwpyr-cyflymder!'

'Gorgyflymder!'

'Goruwch-gyflymder!'

'Mae hyn yn wych!' chwarddodd Dembe.

'Mae'n union 'run fath â'r gêm,' dechreuodd Tunde **esbonio**. 'Ces i 'ngeni i wneud hyn.'

Torrodd Jiah ar ei draws. 'Bron â chyrraedd y rhwyg dimensiynol.'

Ac yno o'u blaenau roedd cannoedd o longau rhyfel, llongau llyfn, gwyn, a mileinig.

'Mae gormod ohonyn nhw. Rhaid i ni eu dinistrio i gyd,' meddai'r Arweinydd Aruchel.

'Na,' meddai Tunde. 'Dim o gwbl.'

Edrychodd Aafen arno. 'Ti'n meiddio siarad fel 'na â fi? Fi yw dy dad genedigol. Rhaid i ti ufuddhau i fi.' Cododd un grafanc. Yn y grafanc roedd ffon fach. 'Fi sy'n **dal** y ffon siarad, nid ti.'

Estynnodd Aan am y ffon a'i thynnu o'i afael yn ofalus. 'Tunde,' meddai. 'Dyma beth mae dy dad eisie dweud wrthot ti. Mae'n dweud bod dy syniadau di 'run mor werthfawr â'n syniadau ni. Dy **syniadau** di yw'r ffordd 'mlaen. Ti yw'r Mab Rhagweledig.'

Tagodd Aafen mewn tymer ond roedd Aan yn dal i syllu arno. 'Wel? Ydyn ni'n mynd i adael i'r bachgen wneud y penderfyniadau? Neu wyt ti eisie dal ati i ryfela, rhyfela, a rhyfela fel erioed? Wyt ti eisie rhyfel neu heddwch?'

Caeodd yr Arweinydd ei big yn dynn ac yna, ar ôl eiliad, nodiodd. Cydiodd yn y ffon a dweud, 'Iawn, Fab Rhagweledig. Beth wyt ti'n awgrymu?'

Edrychodd Tunde ar y lleill a dweud, 'Mae'r arfau ar y llong yn gallu gwneud pob math o driciau heblaw lladd, cofiwch. Fe **ddysgon** ni hynny drwy chwarae'r gêm. Maen nhw'n gallu symud pethau drwy'r gofod. Maen nhw'n gallu symud pobl 'nôl drwy amser, a'u cipio sawl blwyddyn oleuni i ffwrdd cyn iddyn nhw gael cyfle i ymosod arnon ni. Dylen ni ddefnyddio'r sgiliau hynny yn lle lladd.'

Wrth iddyn nhw agosáu at y rhwyg dimensiynol, symudodd nifer o longau Ffwraidd yn nes.

Rhoddodd Juba'i ben yn ei ddwylo. 'Dyna Tnkaaah. Roedd e'n *casáu* heddwch. Byddai'n well gan Tnkaaah bryfocio'r gelyn, ac yna'i rwygo'n ddarnau â'i grafangau. Does ganddo ddim parch at y broses ddiplomyddol.'

Edrychodd Dembe arno. 'Enw'r boi yma 'di *Tincar*? Mae hynny'n wallgo.'

Yn sydyn, saethodd ffrwydriadau o dân tuag atyn nhw, a siglo'r llong. Anelodd Kylie'n ofalus a **saethu'n ôl** fel pencampwr, achos dyna'n union beth oedd hi.

Tarianau i fyny, meddyliodd Tunde, ac ymddangosodd tarianau solet o olau o gwmpas y llong. Er eu bod yn edrych yn ddim mwy na wafflau rhyfedd wedi'u gwneud o olau, roedd arfau'r gelyn yn sboncio i ffwrdd. Roedd y llong yn **DDIOGEL**, ac yn dal i hedfan.

'Whiw,' sibrydodd Tunde. 'Mae hyn mor wahanol i chwarae gêm.'

Chwyrnodd yr Arweinydd i ddangos ei fod yn cytuno. 'Mae ein technoleg ni'n llawer gwell na rwtsh y Ffwriaid.'

Gwingodd Juba. Sylwodd Aafen, a chodi'r ffon siarad. 'Gyda pharch! Dwi ddim yn trio bod yn anghwrtais.'

Nodiodd Juba. 'Mae mam Kylie'n ddiplomydd clyfar iawn,' meddai.

Gwenodd Kylie'n falch.

Yn sydyn, siglodd y llong eto.

'Rhaid i fi fynd allan,' mynnodd Tunde. 'Ry'n ni'n dargedau rhy hawdd fan hyn.' Tapiodd ei frest deirgwaith wrth i'w adenydd dasgu o'i gefn.

'Rwyt ti'n edrych fel croes rhwng eryr ac alarch,' meddai Tunde.

Yn sydyn, ymddangosodd gwn a nifer o switshys ar wisg Tunde.

Eisteddodd Dembe yn sedd Tunde. 'Fe wnawn ni dy amddiffyn di,' meddai. 'Bydd yn ofalus allan 'na.'

Neidiodd Marcus ar ei draed. 'Aros eiliad,' meddai, gan dynnu gwn o rywle. 'Dwyt ti ddim yn mynd hebdda i. Dwi wedi treulio fy holl fywyd yn gweithio i'r hen ddyn 'na a'i freuddwydion am heddwch, a dwi ddim am golli brwydr êliyns go iawn.'

Edrychodd Tunde ar Marcus yn chwifio'r gwn o gwmpas.

'Na – rwyt ti'n beryglus,' dywedodd, gan wneud arwydd â'i law. Yr eiliad nesa roedd Marcus yn **sownd** mewn rhaffau gludiog fel jeli. Cwympodd y gwn i'r llawr.

'Dyna ddiwedd ar hyn 'na,' meddai Tunde. 'Nawr heddwch amdani!'

11

I'R GAD

Barod i fynd?' holodd Tunde. 'LL.O.N.G.I., cwyd y tarianau. Jiah, Hef, Kylie, Dembe – chi sy wrth y llyw.'

A hedfanodd yn llawn cyffro o'r llong ofod gyda'i rieni genedigol.

'Ocê, ferched. Pawb mewn *formation* – fel ddwedodd Beyoncé!' gwaeddodd Kylie. 'Ti hefyd, Hef.'

Chwarddodd Jiah. Roedd hi'n dwlu ar ddatrys newidiadau cyfeiriad a strategaethau brwydr ar ei sgrin, gan gyfri nifer y llongau Ffwraidd a chynllunio sut i ymladd yn eu herbyn.

Rhyfeddodd Dembe at yr holl sgriniau. Ac at y plant eraill, oedd heb wylltio o gwbl.

'Chi mor … **CŴL**,' fel petai pethau fel hyn yn digwydd bob dydd. 'Dyma ni i gyd mewn gwisgoedd gofod gyda chath enfawr, dau berson ag adenydd, a Tunde – a llwyth o longau sydd eisie'n dinistrio ni …'

'Be sy well gyda ti, gwneud hyn neu adolygu ffiseg?' holodd Hef gan wenu.

Roedd Aafen wedi clywed popeth drwy'r meicroffon cyfathrebu, ac meddai'n ddiamynedd:

'Dyw cywion y Ddaear byth yn stopio siarad! Ry'n ni

mewn brwydr – felly canolbwyntiwch, a dim rhagor o glebran. Tawelwch!'

Ochneidiodd Aan drwy'i meicroffon. 'Does dim rhyfedd dy fod ti'n mynd ar nerfau'r bobl Adaarol, pan maen nhw'n cwrdd â ti am y tro cynta …'

Trodd Aafen i'w hwynebu ar ras.

'Beth wyt ti'n meddwl, mynd ar eu nerfau? Beth ddwedon nhw wrthot ti?'

Chwerthin wnaeth Aan.

'Alla i ddim dweud. Mae'r ffon siarad yn dy law di.'

Edrychodd Aafen i lawr a sylwi'i fod yn cydio yn y ffon fel sarjant yn y fyddin. Estynnodd y ffon i Aan.

'Sori. Cymer hi am dipyn bach …'

'Arhoswch,' meddai Kylie, 'mae'r llongau wedi mynd. Edrychwch.'

Edrychon nhw o gwmpas. Roedd hi'n llygad ei lle.

'Pam?' gofynnodd Tunde, a syllu ar y gofod gwag. 'Ble mae'r llongau wedi mynd?'

Cododd Aafen ei ysgwyddau. 'Byddan nhw'n ôl. Strategaeth yw hyn. Mae'n rhaid i ni aros.'

Wrth i Tunde aros am yr ymosodiad, sganiodd y gofod a thrio meddwl sut i ddisgrifio'r olygfa ryfeddol o'i flaen: y cyferbyniad rhwng y tywyllwch dudew a phatrymau llachar y sêr. Beth am 'fel Affro du diddiwedd, â choron llawn diemwntau ar ei ben'. Na, Roedd yn amhosib ei ddisgrifio. Roedd y gofod jyst yn wych!

Mae'n rhaid i fi ddod i arfer â'r gofod, beth bynnag, meddyliodd Tunde, *neu fe fydda i'n anobeithiol yn y frwydr.* Siaradodd drwy'i feicroffon.

'Pan welwch chi nhw nesa, mae'n rhaid i ni weithio'n gyflym. Rhaid i ni eu symud fil o flynyddoedd goleuni i ffwrdd. Falle byddan nhw'n troi'n fabis bach blewog ar y ffordd – ac os felly, bydd rhaid i ni adael un neu ddau ar ôl i fynd i chwilio amdanyn nhw.'

'Os mai dyna dy gynllun di, iawn, dyna be wnawn ni,' mwmialodd Aafen yn anfodlon. 'Ond mae'n gynllun hurt. Maen nhw'n ceisio dinistrio'r blaned lle cest ti a dy ffrindiau eich geni. Dylech chi eu lladd nhw, cyn iddyn nhw eich lladd chi.'

Atebodd Tunde'n swta, 'Dyn ni ddim yn mynd i wneud hynny. Dim byth.'

Ac yna clywodd sŵn, cymysgedd o sgrech a rhu – **iiiiiiiiii-iAAAAAAAWWWWRRRR!**

A gwibiodd nid un, nid dau, nid deg, ond tri chant o longau rhyfel tuag atyn nhw. Roedd Tunde wedi dychryn.

'Pawb i'w le. Arfau'n barod.' Siaradodd Jiah, Hef, Kylie a Dembe fel un.

Ac yna'n sydyn, clywodd Tunde sŵn **WWWWWWS-SSSHHHH** y tu ôl iddo – roedd Aafen ac Aan yn barod i frwydro, eu hadenydd ar agor led y pen, ac offer rhyfedd yn tasgu o'u gwisgoedd. Doedden nhw ddim yn mynd i ildio i neb, byth.

'Os byddwn ni'n marw yr eiliad hon, byddwn ni'n marw fel rhyfelwyr,' meddai Aafen.

Eisteddai Jiah wrth ei sgrin ar LL.O.N.G.I.. Yn rhyfedd iawn, roedd hi'n crio. 'Dwi ddim eisie bod yn rhyfelwr, dwi eisie mynd adre. Dwi wedi gwneud fy symiau i weld a oes gobaith i ni **oroesi** a ... wel, fydd dim parti pen-blwydd i fi eleni.'

Clywodd Aan hi drwy'i ffôn clust a dweud, 'LL.O.N.G.I., beth am rywbeth i godi calon Jiah?'

Ar unwaith llifodd cân bop drwy glustffonau Jiah. 'Aaa,' meddai, gan swnio ychydig yn hapusach. 'Dwi'n hoffi hon. Ond dwi'n dal i feddwl ei bod hi ar ben arna i ...'

Snwffiodd Aafen. Doedd e ddim yn credu mewn maldodi plant.

'Mae'n bryd i ni weithredu – a dim rhagor o gerddoriaeth na chwarae dwli. Heddiw, ry'n ni'n dechrau ar y frwydr – y frwydr dros heddwch, wrth gwrs.'

Hedfanodd Aan yn syth tuag at y gelyn, gan weiddi: 'Pig a chrafanc! **DIM MWY O SIARAD! GADEWCH I'R FRWYDR AM HEDDWCH DDECHRAU!**'

Ac wrth i'r ddau ryfelwr ddechrau saethu at y llongau siâp cathod, anadlodd Tunde'n ddwfn a siarad â'i ffrindiau.

'Edrychwch, dwi ddim yn gwybod sut bydd hyn yn gweithio, ond Jiah, mae'n rhaid i ti a LL.O.N.G.I. ddysgu sut mae gwneud digon o niwed i'r llongau rhyfel i godi ofn ar y Ffwriaid, ond dim digon i ladd neb. Wedyn gallan nhw ddianc adre. Pawb arall, mae'n rhaid i ni drio cau eu tarianau nhw lawr nes iddyn nhw ddeall hyn – a chofiwch, **dim lladd**.'

Yn ei sedd ar LL.O.N.G.I., brathodd Dembe'i gwefus yn nerfus. Doedd hi ddim wedi chwarae'r gêm o'r blaen.

Yn araf, cylchodd Tunde un o longau'r Ffwriaid a'i blastio â chwa o wynt. Ciliodd y llong dan grynu, cyn i Tunde ei fflipio din dros ben a'i danfon yn ôl mewn amser.

Yn y cyfamser, roedd Jiah a LL.O.N.G.I. wedi creu hologram 3D o'r frwydr. Roedd Dembe a Hef yn gweiddi

cyfarwyddiadau, a Kylie'n sganio'i sgrin i weld ble'r oedd y llongau Ffwraidd yn hedfan. Ystwythodd ei dwylo, anelu'n berffaith, a dechrau saethu.

Clywodd Tunde lais Dembe yn ei glustiau. Roedd hi'n chwerthin.

'Mae Juba'n chwarae â phelen o linyn ac mae Marcus Humphries yn torri'i fol eisie gweld be sy'n digwydd. Dwi ddim yn ei feio fe. Fydden i ddim eisie colli eiliad o hyn! Dwi 'di bod eisie gwneud hyn erioed. Dwi ddim yn mynd i adael i ti wneud popeth ar dy ben dy hun.'

Gwenodd Tunde. Doedd e ddim yn teimlo'n ofnus erbyn hyn – roedd e'n gwybod yn union (wel, falle) beth i'w wneud –

'Grid o'r awyrlun!'

Ar y gair, daeth y brif long i'r golwg. Dyma'r peth mwyaf welodd Tunde erioed – llong enfawr siâp cath yn llenwi'r awyrlun. **LLYNCODD TUNDE**'n nerfus. Nid gêm oedd hyn nawr.

Yr eiliad honno, daeth llais arweinydd y Ffwriaid dros y system fel **SGRECH** utgorn.

'*Greaduriaid truenus y dimensiwn hwn! Tnkaaah ydw i, Arweinydd Cawcws Chwyldroadol y Ffwriaid. I chi, mae'r frwydr hon drosodd – ry'n ni wedi'ch amgylchynu chi. Ry'n ni hefyd yn deall bod Juba'r bradwr yn eich mysg ... a byddwn ni'n ei gosbi fel pob bradwr arall.*'

Cododd Juba'i ben wrth glywed llais Tnkaaah, a rhoi'r belen o linyn i gadw.

Aeth Tnkaaah yn ei flaen:

'*Hynny yw, byddwn yn ei wthio i sach ac yn ei daflu'n syth i* ganol yr haul agosaf. Does gen ti ddim hawl i'n gorfodi ni i siarad am heddwch, Juba, a thrwy drafod â'n gelynion rwyt ti wedi profi dy fod ti'n llwfr ac yn fradwr! Ac felly byddi di'n marw mewn ffordd boenus dros ben. Yna, byddwn ni'n gwneud yr un peth i dy ffrindiau newydd, a phawb rwyt ti'n eu hadnabod, pawb rwyt ti'n eu caru, dy blant, dy rieni …'

'Fyddai hwn byth yn fodlon rhannu'r ffon siarad, sniffiodd Aafen.

'Dyw e byth yn stopio,' cytunodd Aan.

Chwarddodd Jiah er gwaetha'i hofn. 'Mae'n hoff iawn o'i lais ei hun.'

Aeth Tnkaaah yn ei flaen:

'Ry'n ni'n gwybod eich bod chi'n gwarchod Arweinydd Aruchel yr Adaarol. Byddwn ni'n mwynhau lladd hwn yn enwedig. Ac yna byddwn ni'n lladd ei holl deulu – yn enwedig y Mab Rhagweledig, yr un gafodd y syniad hurt, gwirion, babi-mam o sicrhau heddwch am byth. HA! Dwi'n poeri ar eich heddwch –'

Ac yn sydyn, newidiodd **FFURF** y llong Ffwraidd – yn lle bod yn llyfn ac yn aerodynamig, roedd hi nawr yn ddu ac yn barod i ymosod. Roedd arfau, tarianau a golau gwyn drosti, a chanonau enfawr wedi'u hanelu at y criw a'r blaned y tu ôl iddyn nhw.

'**WAW**,' sibrydodd Dembe.

Trodd Aafen at Tunde.

'Mae'n rhaid i ni fod yn ddewr, neu adael i bawb ddiflannu am byth.'

'Oes gan y llong unrhyw fannau gwan, Jiah?'

'Pawen chwith, Tunde.'

Cofiodd Tunde rywbeth yn sydyn. Pan oedd e'n chwarae Brwydr Ofod LL.O.N.G.I. ar ei ben ei hun, byddai'n gweld logo ar gornel dde'r sgrin.

Logo bach oren oedd e, rhyw gymysgedd o lun draig ac aderyn – dim ond chwaraewyr â sgoriau uchel oedd yn chwarae ar y lefel honno. Roedd Tunde wedi chwarae arni sawl gwaith.

Hedfanodd Tunde at y llong Ffwraidd a hofran o flaen y modiwl rheoli. Roedd y modiwl ar ffurf pen cath enfawr â dwy bawen ar y chwith a'r dde.

Caeodd ei lygaid wrth deimlo egni rhyfeddol yn llifo drwyddo. Yn sydyn teimlai'n fawr, yn gryf ac yn holl-bwerus.

Wrth i'r modiwl rheoli ddechrau blastio'r Ddaear, teimlodd Tunde ei hun yn **hedfan tuag at** y ffrwydriadau.

Sylwodd Dembe ar hynny a dechrau gweiddi'n syn. Roedd Tunde'n hedfan tuag at danwyr y gelyn. Ac roedd e'n edrych yn fwy nag arfer. Roedd e'n llenwi'r awyr. Roedd e'n GOLEUO O'R TU MEWN hefyd … fel seren siâp bachgen.

Cafodd Tunde ei daro gan y tanwyr, ond amsugnodd ei gorff y ffrwydriadau.

Roedd Jiah mewn panig.

'Beth yw hyn? Beth mae e'n wneud? Sut mae e'n gwneud hyn'na? Doedd e ddim yn rhan o'r gêm!'

Cytunodd Hef.

'Dwi erioed wedi'i weld e'n gwneud y fath beth …'

'Ond 'drycha arno – mae e wedi cael ei eni i wneud hyn!' gwaeddodd Jiah.

Ac meddai Aafen yn ddwys, 'Dyna pam mai fe yw'r Mab Rhagweledig. Unwaith mewn oes, mae cyw'n cael ei eni â'r pŵer i newid y byd. Mae Tunde'n Adain-ddraig.'

TANIODD y llong Ffwraidd yn gyflymach a chyflymach. Gallai Tunde deimlo'r pŵer y tu mewn iddo'n cynyddu – amsugnodd yr ymosodiadau – cyn chwerthin, a dweud:

'Helô. Tunde ydw i. A dwi newydd amsugno'ch ffrwydriadau cryfa.'

Saethodd y llong belydr enfawr o egni ato – ond tyfodd Tunde a llyncu'r pelydr mewn un llwnc, fel petai'n blasu Oren Siocled enfawr.

'Fel o'n i ar fin dweud – oni bai eich bod chi eisie i fi danio'r holl egni 'ma'n ôl atoch chi – fel hyn …'

Agorodd Tunde ei geg a phecial yn uchel. Hedfanodd chwa o egni poeth ar draws y gofod a llosgi un o bawennau'r llong. Siglodd y modiwl rheoli'n wyllt.

Aeth Tunde yn ei flaen, a'i lais yn gryf a hyderus. Roedd yr hyder yn llifo o fêr ei esgyrn, achos roedd e'n deall pwy oedd e o'r diwedd.

'Fy enw i yw Tunde Wilkinson, ac mae'n gas gen i a fy ffrindiau fwlis cas. Ewch o 'ma – a pheidiwch â mentro dod 'nôl, neu dyma beth fydd yn digwydd –'

Dyma Tunde'n pecial eto, a'r tro hwn, daeth fflamau glas o'i geg, a llosgi'r canonau ar ben y modiwl rheoli.

'Yn ôl â ni! Rhaid i ni fynd yn ôl! Mae hyn yn ddrwg, yn ddrwg iawn. Ddylen ni erioed fod wedi gwneud hyn – dim byth. Ewch yn

ôôôôôl!' gwaeddodd Tnkaaah.

Ac o fewn eiliad roedd arweinydd y gwrthryfelwyr, ei long, a'r llongau eraill i gyd wedi diflannu. Roedd Tunde, yr Adain-ddraig, a'i ffrindiau gorau wedi achub y Ddaear.

Hedfanodd Tunde, yr Adain-ddraig, 'nôl at ei ffrindiau – yn rhyfeddol, yn enfawr, â'i gorff yn llawn golau.

Wrth nesu at y rhwyg dimensiynol y **DIHANGODD** Tnakaah drwyddo, canolbwyntiodd Tunde'i egni i gyd arno. Roedd ganddo dasg bwysig i'w chyflawni.

Agorodd ei geg a dyma fflam ddu'n tasgu o'i wefusau. Mewn ffrwydriad o wrth-olau, trwsiodd Tunde'r rhwyg. Er ei fod yn ymestyn am filoedd o filltiroedd, blastiodd Tunde'r rhwyg â phob owns o **egni** yn ei gorff, nes i'r twll ddiflannu'n llwyr.

Ac yna – WWWWMMMFF! – ar ôl mewn ffrwydriad o olau du, roedd Tunde 'run maint â'i ffrindiau unwaith eto. Roedd ei wisg wedi llosgi ychydig bach, ei adenydd wedi'u plygu ac roedd e'n hofran yn y gofod. Hedfanodd Aan ato a'i ddal yn ei breichiau.

'Yn ôl â ni i'r llong.'

12

YN ÔL AR LL.O.N.G.I.

Dychwelon nhw i'r llong ofod. Roedd hi'n amser dathlu. Chwaraeodd Hef ei hoff ganeuon a dechrau dawnsio ar unwaith, er bod hynny'n anodd yn ei wisg ofod. Yn y diwedd, roedd rhaid iddo roi'r gorau iddi ar ôl cwympo, fel ffŵl, a bownsio yn erbyn y panel rheoli wrth drio troelli ar ei ben.

Cuddiodd Dembe'i llygaid.

'Dawnsio stryd yn y gofod – beth yw'r pwynt?' wfftiodd Jiah.

'Mae'r Hefmeistr yn teimlo'r *funk*,' meddai Kylie.

Ac roedd Tunde'n teimlo'n hapus hefyd.

'Grêt, ry'n ni i gyd yn hapus. Dwi eisie mynd adre. Dwi'n llwgu.'

Dechreuodd pawb **ddweud eu dweud**.

'Beth yw'r bwyd dathlu gorau?'

'Pitsa.'

'Cyw iâr *jerk*, reis, pys a thwmplenni.'

'Biryani llysieuol.'

'McNuggets.'

'Mega-siwpyr-whopper-byrgyr.'

'A SGLODION!'

'Am afiach.'

'Digon i wneud i ti chwydu!'

Allai Marcus Humphries ddim dioddef rhagor. Doedd neb wedi sylwi bod ei ddwylo'n rhydd; safodd ar ei draed, cipio blastiwr o wal y llong, a dechrau'i chwifio o gwmpas.

'Dyna ni! Dwi'n rhydd! Mae eich llong ofod arbennig yn gallu gwneud pob math o bethau. Ond wnaeth hi ddim sylwi arna i! Pan oeddech i chi gyd yn dathlu **DIFLANIAD** creaduriaid blewog, cefais afael ar yr arf bach hyfryd hwn.'

Cododd Tunde ar ei draed yn araf. Teimlai'n wan a blinedig ar ôl ei gampau rhyfeddol. Roedd ei adenydd o'r golwg, a doedd e ddim yn edrych fel y Mab Rhagweledig erbyn hyn. Edrychai'n debycach i fachgen ysgol o'r enw Tunde.

'Plis, Mr Humphries – mae'n rhaid i ni fynd adre. Mae'n rhaid i ni orffen beth ddechreuon ni, a sicrhau heddwch rhwng y Ffwriaid a'r Adaarol. Ac – ac mae'n rhaid i fi siarad â Mam a Dad: mae gyda ni dipyn i'w drafod.'

Chwerthin yn syn wnaeth Marcus.

'Adre? 'Nôl i'r Ddaear? Be? Nawr? O na na na na na na na na! Dwi eisie gweld o ble mae'r pâr o adar a'r un sinsir yn dod. Dylen ni fynd yno, saethu rhai ohonyn nhw, ac yna mynd â chymaint o'u technoleg â phosib yn ôl i'r Safle. Ac unwaith ry'n ni'n deall sut mae'n gweithio, gallwn ni werthu'r cyfan a dod yn **FILIWNYDDION!**'

Edrychodd ar y lleill fel petaen nhw'n dwp, a dal i bwyntio'r blastiwr.

'Dim diddordeb,' meddai Tunde.

'Na fi chwaith,' meddai Kylie.

'Mêt, rho fe i lawr, ocê?' meddai Hef.

'Mae ein technoleg, fel rwyt ti'n ei alw, yn hynafol iawn,' mentrodd Juba. 'Dim ond ni'r Ffwriaid sy'n **deall** sut mae'n gweithio. Fyddi di byth, byth bythoedd, yn medru darganfod ei chyfrinachau.'

'Wel,' meddai Marcus, 'os ca i ddweud, fi *yw* un o'r bobl glyfraf ar y Ddaear. Fi yw'r un wnaeth ddarganfod y cysylltiad rhwng DNA yr Adaarol a sut i reoli'r llong ofod. Fi sylweddolodd y gallai Tunde ei hedfan. Fi wnaeth! Ceisiais gael tad Tunde i weithio ar y prosiect, ond roedd e'n anobeithiol. Yn y diwedd, os y'ch chi eisie gwneud rhywbeth yn iawn, mae'n rhaid i chi'i wneud e eich hunan. Does dim pwynt dibynnu ar y gwas.'

'Y gwas?' gofynnodd Tunde'n dawel, ond ffyrnig.

Chwifiodd Marcus y blastiwr. 'Roedd e'n hollol ddiwerth. Siawns mai dy fam yw'r un glyfar! Reit 'te. Bant â ni!'

Siglodd Tunde ei ben a dweud, 'LL.O.N.G.I., caets bariau golau, plis – Humphries, Marcus.'

A saethodd bariau o olau o gorff y llong, gan amgylchynu Humphries a tharo'r blastiwr o'i law.

Siaradodd Tunde â'i lais fel rhew. 'Mae Mam yn athrylith. Hi yw'r un ddysgodd sut mae LL.O.N.G.I. yn gweithio, a gadawodd i ni ddarganfod yr ateb ar ein pennau ein hunain, heb help gan neb arall. Mae hi'n haeddu gwell pennaeth na ti.'

Roedd Marcus yn dechrau cael ofn – roedd y bariau golau'n symud gydag e wrth iddo symud.

'Edrych, do'n i ddim yn meddwl be ddwedes i am dy fam. Na dy dad chwaith. Mae dy dad yn ddigon clyfar, yn chwarae gyda ffrwythau a llysiau a physgod a phethau fel 'ny a hollti'u genynnau. Clyfar iawn, os wyt ti'n hoffi'r math 'na o beth.'

'Mr Humphries – mae ar ben arnat ti,' meddai Tunde'n dawel a **PHWYLLOG**. 'Dwi eisie mynd i'r ysgol. Sefyll arholiadau. Bod gyda fy ffrindiau. Dwi eisie bod yn normal.'

Edrychodd ar Aafen ac Aan, a gwenu'n euog.

Sgrechiodd Marcus mewn tymer.

'Does dim uchelgais o gwbl gyda ti. Dwi'n cytuno ag Aafen – dylech chi fod wedi'u lladd nhw i gyd. Gallen ni i gyd fod yn gyfoethog!'

'Anghywir, Mr Humphries. A falle byddet ti'n gwybod hynny, petai gyda ti rieni fel fy rhai i. Mae pethe normal yn bwysig.' **SYLLODD** Tunde i lawr ar y blastiwr dadesblygu yn ei law. 'Mae'n rhaid i ti fynd 'nôl.'

Ac yn ei feddwl, siaradodd â LL.O.N.G.I.:

'Humphries, Marcus – dadesblygu – newid i gyw mewn tri, dau, un …'

Saethodd pelydr o'r blastiwr ac amgylchynu Marcus. Symudodd y bariau golau er mwyn i bawb allu gweld beth oedd yn *digwydd.*

Roedd Marcus yn mynd yn iau! O fewn chwinciad roedd y dyn canol oed yn dri deg, yna'n ugain, yn ddeg, pump, pedair oed nes – yn sydyn – roedd yna wy mawr yn crynu ar lawr y llong ofod. Cododd Tunde'r wy, cerdded yn ofalus at y panel rheoli ac edrych arno. Agorodd yn syth. Rhoddodd Tunde'r wy **i mewn** a chau'r drws yn feddylgar.

Edrychodd ar y lleill. Doedd neb wedi'i herio na'i feio am wneud y fath beth; doedd e ddim wedi siomi neb. Roedd e wedi gwneud y peth iawn.

'Falch o gael gwared arno,' meddai Hef.

'O'n i'n meddwl ei daro ar ei ben â'r diffoddwr tân,' meddai Dembe, 'ond roeddet ti'n gwybod yn union beth i'w wneud, T.'

Gwenodd Jiah a dweud, 'Sgwn i sawl pwynt fyddet ti'n ennill am gael gwared arno? Yn y gêm, dwi'n meddwl. Fetia i, petaen ni'n holi pawb sy'n ei nabod, gan gynnwys ei rieni, ei ffrindiau a'i deulu – fyddai neb yn gweld eisie'i wyneb hyll.'

'Dewch,' meddai Kylie. 'Adre â ni. Mae Mam yn mynd i'r sba 'ma sy'n cynnig tylino Indiaidd. Mae 'da nhw dwba poeth a phopeth. Ar ôl achub y blaned, ry'n ni'n haeddu diwrnod mewn sba – cytuno?'

Ymestynnodd Tunde ei adenydd gydag *WWWSSSHHH*. 'Sba! Sba! Sba! SBA!'

Ac wrth i bawb weiddi fel hyn (hyd yn oed y ddau Adaarol a'r un Ffwraidd, oedd ddim yn gwybod beth oedd 'sba'), trodd LL.O.N.G.I. yn anweledig a **theithio'n ôl** i'r Safle.

⓭
DIWEDD A DECHRAU

Eisteddai'r bioden a miloedd o'i ffrindiau, ei theulu a'i chyd-weithwyr yn y coed o gwmpas Y Safle. Roedden nhw'n **canu, trydar**, gwichian a sgrechian wrth i nifer o gerbydau yrru i mewn ac allan o'r adeilad. **Sgrechiodd** yr adar **yn uwch nag erioed**, gan neidio a fflapio'u hadenydd un ar ôl y llall. Am eiliad, roedden nhw'n edrych fel torf o gefnogwyr rygbi, yn creu ton Fecsicanaidd. Roedd y bachgen-aderyn wedi dod adre'n ddiogel.

Yn ôl yn yr is-is-is-seler, roedd Tunde a'i griw'n camu allan o LL.O.N.G.I..

Ochneidiodd Emil Krauss mewn rhyddhad a rhedeg i gwrdd â nhw. Roedd Tunde'n cario rhywbeth yn ofalus iawn; ac wrth i'r gwyddonydd nesu, estynnodd Tunde wy mawr sgleiniog iddo.

'Beth yw hwn?' holodd Krauss.

'Ymmm. Dyma Marcus Humphries,' meddai Tunde. 'Ry'n ni wedi ei ddadesblygu. Ar hyn o bryd mae e'n embryo, yn aros am yr amser cywir i ddeor.'

'Mae'n iawn, Tunde. Fe wnest di beth oedd rhaid i ti

wneud – roedd Marcus yn berson hunanol. Fe wnawn ni'i fagu'n iawn y tro hwn, a gwneud yn siŵr bod ganddo rieni tebyg i dy rai di.'

Rhedodd Ron a Ruth at Tunde a rhoi cwtsh.

Yna'n sydyn, daeth **ffRINDIAU** Tunde i'w hamgylchynu – pob un eisiau dweud ei stori ac esbonio sut y llwyddon nhw i yrru'r gelyn i ffwrdd.

'**Hedfanon** ni'n berffaith,' meddai Kylie, 'ar ôl astudio'r perygl o bob ongl.'

'Fi weithiodd allan yr onglau fy hunan bach,' broliodd Jiah. 'Yn fy mhen ac ar gefn hances bapur – a helpu i reoli'r llong ar yr un pryd, a thrio peidio â mynd i'r tŷ bach. Roedd hi'n dasg anodd iawn, achos DOEDDWN I ERIOED WEDI BOD YN Y GOFOD O'R BLAEN!'

Roedd Dembe'n nodio ac yn gwrando'n dawel – roedd hi'n dal i fethu credu'r peth. Roedden nhw newydd ymladd brwydr YN Y GOFOD!

Dim ond siglo'i ben wnaeth Hef a dweud, 'Wnaethon ni'n gorau i dy helpu di, mêt. Does dim eisie i ti ddiolch i ni.'

'Roeddet ti'n ddewr hefyd, Hef,' meddai Tunde. 'Ry'n ni newydd achub pawb ar y Ddaear rhag ymosodiad gan êliyns!'

'Ydyn,' meddai Hef. 'Mae'n od.'

Rhoddodd Dembe'i llaw **AR YSGWYDD** Tunde. 'Llongyfarchiadau, T,' meddai. 'Fe lwyddaist i gael gwared ar y cathod cas 'na.'

Brathodd Tunde ei wefus. 'Ond a wnes i'r peth iawn? Allwn i 'mo'u lladd nhw. Dwi'n gobeithio na wnes i ddim siomi fy ffrindiau. Na fy rhieni.'

Edrychodd Dembe arno'n syn.

'Be? Ti'n jocan!' Nodiodd ar Kylie a Jiah a Hef, at Ruth a Ron, ac at Aan ac Aafen. 'Maen nhw'n dy garu di – bob un ohonyn nhw. Hyd yn oed pan oeddet ti'n Adain-ddraig Anferthol. Roedd hynny'n wych, gyda llaw … Ond o ddifri. Does dim rhaid i ti fod yn arwr na dim byd arall – y peth pwysig yw bod yn ti dy hun. Edrych arnyn nhw. Mae pawb sy'n dy garu di yma o dy gwmpas di. Mae dy rieni'n dy garu di, maen nhw eisie i ti fod yn hapus. Felly bydd yn hapus. Dwi 'di byw gyda rhieni maeth drwy 'mywyd – a does neb wedi becso taten amdana i fel hyn …'

Cyn iddi **orffen** y frawddeg, rhoddodd Tunde gwtsh enfawr iddi. 'Diolch,' sibrydodd.

Dechreuodd Dembe feichio crio. 'Nawr edrych be ti 'di neud,' meddai'n flin. 'Bydd y bobl-adar yn meddwl 'mod i'n ffŵl. Cer o 'ma!'

Symudodd Tunde o'r ffordd a gadael i Dembe sychu'i llygaid.

Roedd cymaint o bethau wedi digwydd mewn un diwrnod. Roedd yr Adain-ddraig wedi newid Tunde am byth. Ac roedd Tunde ei hun eisiau **newid** rhai pethau hefyd.

Yn stafell gynllunio'r Safle, wynebodd Tunde ei rieni genedigol:

'Dwi'n credu bod angen i chi edrych o ddifri ar eich hunain os y'ch chi am fod yn arweinwyr da. O hyn 'mlaen, dylech chi drio dilyn cyngor mam Kylie – a dyw **DWEUD** eich bod am newid ddim yn ddigon. A gwrandewch ar Juba. Mae e'n ddoeth iawn. Mae'n rhaid i chi ganolbwyntio ar ofalu am yr Adaarol a'u gwarchod, yn lle jyst ymosod ar unrhyw un sy'n sathru ar eich cyrn.'

Doedd gan Aafen ddim syniad beth oedd 'cyrn' – doedd e erioed wedi cael corn ar ei grafanc – ond nodiodd yn barchus beth bynnag. 'Ti'n iawn, Adain-ddraig,' meddai. 'Heddwch yn lle rhyfel.' Gwenodd Aan ac yntau ar ei gilydd.

Wedyn, gofynnodd Krauss i bawb ddod i eistedd o gwmpas y bwrdd: Ron, Ruth, Tunde, Aan, Aafen, Juba, Kylie, Jiah, Dembe a Hef.

Cliriodd y gwyddonydd ei lwnc. 'Dwi wedi cael galwad Zoom gan arweinwyr byd-eang sy'n **CEFNOGI** ein gwaith. Mae pawb yn ddiolchgar iawn i chi, blant. Fydd dim rhaid i chi boeni o gwbl am eich dyfodol. Os bydd angen unrhyw beth arnoch chi, dwedwch wrtha i, ac fe gewch chi eich dymuniad.'

'Erbyn meddwl, mae 'na ambell beth dwi eisie,' meddai Hef. 'Dwi eisie chwarae i Man City un diwrnod – ond yn fwy na dim, dwi eisie bod yn ffrind i Tunde a'i helpu i **amddiffyn** pawb arall.'

Nodiodd Krauss. 'Dewisiadau doeth iawn,' meddai. 'Mae'n siŵr y galla i drefnu hynny.'

'Dwi eisie hedfan LL.O.N.G.I. eto. A helpu Tunde, wrth gwrs,' meddai Kylie.

'Dwi eisie gweithio i'r Safle,' meddai Jiah, a'i llygaid yn disgleirio.

'Bydd croeso mawr i ti ymuno â'r staff,' meddai Krauss.

Trodd Kylie at Tunde. 'Beth amdanat ti? Ar ôl achub y byd, beth wyt ti eisie?'

Edrychodd Tunde ar Ron a Ruth. Doedd dim rhaid iddo feddwl am hir. Chwarae teg, roedd ei gais yn yn syml.

'Dwi eisie aros gyda Mam a Dad. Fyddwn i ddim yma oni bai amdanyn nhw.'

Edrychodd pawb ar Dembe. Cododd Dembe'i hysgwyddau'n drist. 'Dwi jyst eisie rhieni maeth gwell – pobl sy ddim yn bwlio, neu'n gwneud i fi newid steil fy ngwallt neu 'nillad. Wrth gwrs, mae mynd i'r gofod yn hwyl, ond dwi eisie mwy.'

Trodd Tunde a sibrwd yng nghlust Ruth. Trodd Ruth a sibrwd yng nghlust Ron, ac yna trodd Ron a sibrwd yng nghlust Krauss.

Chwarddodd Krauss. 'Byddai hynny'n ffordd wych o ateb y broblem,' meddai. 'Bydd rhaid i ni fynd drwy'r sianelau swyddogol, ond mae'n syniad da.'

Trodd Ruth at Dembe. 'Os cawn ni ganiatâd, ac os wyt ti'n hapus,' meddai, 'fe hoffen ni i ti ddod i fyw gyda ni. Gallwn ni dy fabwysiadu di go iawn.'

'Dy'n nhw ddim yn gallu coginio, cofia,' meddai Tunde â gwên, 'ond maen nhw'n ocê. Yn fwy nag ocê.'

Roedd Dembe bron â neidio i'r awyr a throi tin dros ben, ond stopiodd ei hun rhag gwneud hynny, ac edrych ar Ron a Ruth yn ofalus.

'Mae 'ngwallt i'n aros 'run fath,' meddai'n **bendant**. 'A 'nillad i hefyd. Wna i ddim bwyta rhai mathau o fwyd. Dwi'n gwrando ar gerddoriaeth ryfedd. A dwi'n amddiffyn Tunde yn yr ysgol. Cŵl?'

Nodiodd Ron a Ruth yn hapus. Roedden nhw wastad wedi dyheu am gael plentyn arall.

Cliriodd Krauss ei lwnc. 'Yn anffodus, mae gen i un peth arall i'w ddweud. Mae'n bosib y bydd yna ragor o doriadau dimensiynol, a chi yw'r unig rai all ddelio â nhw. Felly dwi'n fodlon gwneud unrhyw beth i ofalu amdanoch chi a gwneud eich bywyd **YN HAPUS**, achos chi, blant, yw arfau cudd pwysicaf y Ddaear.'

Chwarddodd Hef.

Llyncodd Kylie.

Edrychodd Jiah ar Tunde.

Gwenodd Dembe o glust i glust.

Roedd Tunde mor falch, roedd e bron â ffrwydro.

Ac felly, dyma bennod nesaf yr antur yn dechrau.

A dyma beth ddigwyddodd: roedd eu bywyd yn hapus! Cafodd Ron Wilkinson swydd dda yn Y Safle, ac roedd **wrth ei fodd** yn tyfu llus organig maint byngalos. Ar ben hynny, cafodd ei wneud yn brif gynghorwr – a ffrind – i Krauss. 'Fe wna i'n siŵr fod Y Safle'n dilyn y rheolau.'

Roedd Ruth wrthi'n dysgu popeth am dechnoleg Adaarol ac yna'i gwella, er mwyn i Tunde, Dembe, Hef, Kylie a Jiah allu'i defnyddio'n effeithiol.

SYMUDODD Dembe i fyw gyda'r teulu Wilkinson, a hi oedd merch eu breuddwydion, hyd yn oed os oedd hi'n afreolus weithiau. Wel, roedd hi'n ddeuddeg oed! Roedd Dembe a Tunde'n ffrindiau gorau ac yn bartneriaid mewn brwydrau.

Roedd y criw'n chwarae Brwydr Ofod LL.O.N.G.I. bob dydd, ac roedd newidiadau Ruth i'r system yn ardderchog. Roedd y llong ofod yn dal i siarad â nhw o hyd, ac roedden nhw wrth eu boddau, heblaw pan oedd hi'n dweud pethau fel 'Cadwch eich sgriniau'n daclus' a 'Cofiwch fynd i'r tŷ bach cyn i chi fy hedfan i'r gofod', achos roedd hynny dipyn bach yn od. Ond dim ots. Doedd neb yn poeni.

Cafodd Tunde un sgwrs anodd arall.

Roedd Aafen, Aan a Juba eisiau iddo ddychwelyd i'r blaned Adaarol er mwyn **PARHAU** â'r broses heddwch. Dyna oedd ei ddyletswydd, medden nhw. Ar eu diwrnod olaf ar y Ddaear, dywedodd Tunde mai ei ddyletswydd go iawn oedd byw bywyd normal – *sefyll* arholiadau, chwarae pêl-droed, mynd i'r coleg. Roedd e eisiau bod yn union fel ei ffrindiau.

'Ac felly, chi'n gweld,' meddai, 'bydda i'n gwneud fy nyletswydd. Os bydd rhywun yn ymosod ar y Ddaear, bydda i a fy ffrindiau'n ei hamddiffyn ar unwaith. Ond dwi eisiau cael bywyd normal hefyd.'

Nodiodd ei rieni genedigol a'u cynghorwr yn feddylgar.

'Ti'n ddoeth iawn, cyw,' meddai Aafen.

'Mae bywyd ar y Ddaear yn dy siwtio di,' gwenodd Aan.

Teithion nhw'n ôl i Adaarol yn y pod dianc ddaeth ag Aan i'r Ddaear. Cyn mynd, addawon nhw gadw mewn cysylltiad. 'Os wyt ti **ANGEN HELP**, byddwn ni yno,' medden nhw, *a* chytunodd Tunde i gwrdd â nhw unwaith yr wythnos dros Zoom rhyng-ddimensiynol.

Felly, Ron a Ruth oedd ei rieni. Eu tasg nhw oedd caru Tunde, coginio bwyd rhyfedd, a sôn wrtho am fywyd, a chariad a gwneud y pethau bychain.

Anfonodd yr Adaarol dystiolaeth i ddangos fod y rhwyg dimensiynol yn dal yn ddiogel, ond gan fod sawl ffordd o gyrraedd y Ddaear, roedd yn rhaid bod yn wyliadwrus. Ond doedd Krauss yn poeni dim – gyda phwerau Tunde a help y tîm, roedden nhw'n hollol ddiogel. Byddai'r tîm yno i helpu ble bynnag a phryd bynnag roedd eu hangen. Ond roedd e am fod yn hollol siŵr eu bod yn deall y risg.

Un diwrnod, cafodd pawb wahoddiad i'r Safle gan Krauss. Ar ôl cinio moethus, gwisgodd pawb eu hiwnifform a mynd ati i uwchraddio paneli rheoli'r llong ofod. Cafodd y rhai heb adenydd bacedi-roced gan Y Safle (cŵl!). Roedd Tunde wedi dewis enw newydd iddyn nhw hefyd, ond heb ddweud wrth neb eto. Yr enw oedd Prosiect Tân Du.

Cliriodd Tunde ei lwnc a dechrau'i araith.

'Fy ffrindiau, Kylie, Jiah, Hef, Dembe – dwi'n hapus yn yr ysgol, ac i chi mae'r diolch am hynny. Hefyd roeddech chi yno, yn gefn i fi, yn ystod cyfnod gwaethaf fy mywyd. A nawr ry'n ni yma. Ry'n ni wedi goroesi. A dwi'n falch iawn o ddweud mai ein henw o hyn allan fydd Prosiect Tân Du …'

Curodd pawb eu dwylo.

Gwaeddodd Hef, 'Ie, bruv!'

Mynnodd Jiah ddweud gair.

'Tîm Adain-ddraig ddylai'r enw fod,' meddai, 'ond ti yw'r capten, felly ti'n sy'n dewis – mae Tîm Tân Du yn ocê gyda fi – ond, yn dechnegol, i ti gael gwybod–'

Prociodd Kylie Jiah â'i phenelin. 'Jiah, ti'n sbwylio'r hwyl. Bydd dawel. Tunde, cer 'mlaen.'

Gwenodd Tunde. 'Dwi ond eisie dweud diolch i bawb yn Y Safle am wneud hyn yn bosib. Dwi'n gwybod mai arbrawf oedd hwn i ddechrau, a doedd neb wedi dychmygu beth oedd o'u blaenau. Ond fyddwn i ddim yma heddiw oni bai eich bod chi'n bobl **FUSNESLYD**. Diolch, Athro Krauss.'

Eisteddodd unwaith eto. Gwenodd Ron a Ruth o glust i glust. Roedden nhw mor falch o'u mab. A'u mab nhw oedd Tunde. Er mai Aafen ac Aan oedd ei rieni genedigol, roedd Tunde'n perthyn iddyn nhw a neb arall.

Cododd Krauss ar ei draed.

'Diolch, Tunde. Mae gen i un peth arall i'w ddweud. Mae eich bywydau ar fin newid. Dyma'r normal newydd. Byddwch chi ar alwad drwy'r dydd a thrwy'r nos. Dwi'n gobeithio na fydd angen eich galw, ond os yw'r Ddaear mewn perygl, yna mae'n bosibilrwydd. Ein dyletswydd ni yw amddiffyn y Ddaear a chefnogi heddwch – dyna'r **peth cywir i'w wneud**.'

Gwenodd Krauss ar bawb.

'Ac yn y dyfodol, os bydd rhywbeth yn bygwth ein ffordd o fyw, neu eisie'n difetha, bydd pobl yn dweud wrth ei gilydd: "Popeth yn iawn! Bydd Tunde a Phrosiect Tân Du yn siŵr o'n hamddiffyn." A dylech chi fod yn falch iawn o hynny.'

Nodiodd pawb yn ddwys, ac yna cawson nhw reid yn ôl i dŷ Tunde yn un o gerbydau'r Safle.

'Pan gyrhaeddwn ni adre, dwi eisie dangos ti'n-gwybod-beth iddyn nhw,' meddai Tunde.

GWENODD Ruth. 'Iawn,' meddai. 'Mae'n ddiwrnod arbennig.'

'Dewch,' meddai Tunde wrth ei ffrindiau. 'Mae gen i syrpréis i chi.'

Agorodd Tunde ddrws ei **STAFELL WELY**. Roedd y stafell wedi'i thrawsnewid. Roedd sgrin deledu'n ymestyn dros wal gyfan. O flaen y sgrin roedd soffa hir a chadeiriau, ac o flaen y cadeiriau roedd bwrdd – yn **eistedd** ar y bwrdd, roedd bandiau rheoli a chonsol. Dyma system reoli newydd sbon LL.O.N.G.I.. Roedd gogls 3-D ar gyfer pawb hefyd. Sgrechiodd pawb yn hapus, eistedd i lawr a pharatoi i chwarae. Safodd Ruth ger y drws i wylio. Daeth Ron i sefyll y tu ôl iddi a gwylio hefyd.

'Milwr rhyng-ddimensiynol neu beidio, dwi'n gobeithio y bydd Tunde'n cofio bod rhaid iddo **wneud ei waith cartre**,' meddai.

Gwenodd Ruth.

'Maen nhw'n gwneud mwy na chwarae. Maen nhw'n ymarfer.'

Nodiodd Ron, ac aeth y ddau i lawr y grisiau, gan adael i'r plant gael hwyl.

'On'd yw'r byd yn rhyfedd?' meddai Ron.

'Ydy,' meddai Ruth. 'Lwcus bod Tunde a'i ffrindiau 'ma i'n cadw ni'n saff.'

Yna aethon nhw i'r gegin i baratoi brechdanau afiach a diodydd 'iych' a fyddai bendant yn blasu'n 'od' i'r plant.

A gwyliodd y bioden y cyfan o'r silff ffenest. Roedd hi'n hapus. Roedd y bachgen wedi llwyddo, ac wedi dod 'nôl adref. Roedd bywyd mor braf!

AR ÔL YR ADAIN-DDRAIG

Stori: Lenny Henry
Lluniau: Mark Buckingham
Llythrennu: Todd Klein

MAE RON A RUTH A TUNDE A DEMBE NAWR YN BYW GYDA'I GILYDD YN Y FFERMDY GER Y SAFLE BWS.

MAE TUNDE A DEMBE'N TEIMLO FEL BRAWD A CHWAER: YN UNION FEL PETAEN NHW WEDI DEOR O'R UN WY.

MAE'R LLEILL YNO DRWY'R AMSER HEFYD, YN BWYTA CREISION, YFED POP, A CHWARAE "AMDDIFFYN Y DDAEAR" AR GYFRIFIADUR LL.O.N.G.I.

WRTH GWRS, MAEN NHW WASTAD WRTH LAW I HELPU'R SAFLE.

MAE KRAUSS, RON A RUTH YN TRAFOD STRATEGAETH.

MAE'R DDOLEN Â RHIENI GENEDIGOL TUNDE AR AGOR BOB AMSER.

A'R LINC Â JUBA, WRTH GWRS.

YN Y CYFAMSER, MAE AAFEN AC AAN WRTH EU BODD Â HEF, ACHOS MAE E'N DYSGU CANEUON DIDDOROL IDDYN NHW:

IE, DY'CH CHI ANGEN BACH O ...

MARSHMELLO, IE, BACH O PROTOJE – FEL, TYLA YAHWEH, BACH O LIL MOSEY, MAE'N WYCH.

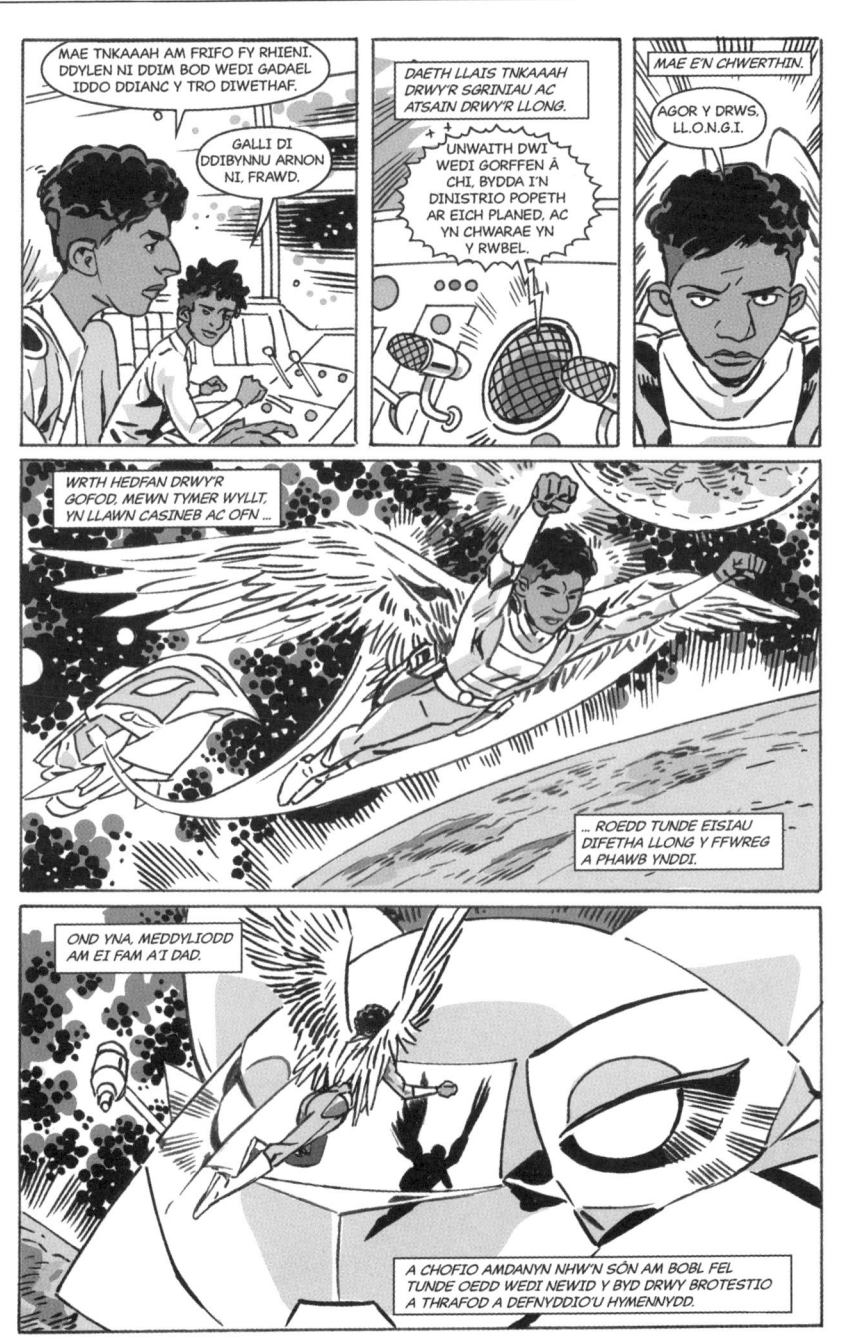

DIFLANNODD TNKAAAH A'R LLONG OFOD AR UNWAITH ...

... AC AILYMDDANGOS.

BETH YW HWN?

Diolchiadau

Yn union fel na allai Tunde fod wedi achub y byd heb ei ffrindiau a'i gynghreiriaid, nid yw llyfr yn dod at ei gilydd heb gymorth grŵp helaeth o bobl. Diolch i 'nhîm golygyddol, gan gynnwys Sam Smith, Krystle Appiah, Genevieve Herr ac Amy Boxshall, fy narllenwyr Kieran Fanning, Jen Campbell, Laura Henry-Allain, Sarah Shaffi a chymorth Belinda Sherlock, Sam Amidon ac Ellie Humphries.

Diolch hefyd i fy asiant gwych, Natalie Jerome (a'i merch, darllenydd beta Talah). I'r darlunwyr Keenon Ferrell a Mark Buckingham am ddod â 'nghymeriadau'n fyw ar y dudalen. Diolch i dîm Macmillan am gael y llyfr gwych hwn I'CH dwylo gan gynnwys Alison Ruane, Anthony Forbes Watson, Becky Lloyd, Belinda Ioni Rasmussen, Lara Borlenghi, Laura Carter, Michele Young, Sarah Clarke, Rachel Graves, Rachel Vale a Tom Cookson.

Ac, wrth gwrs, i Lisa ac Esme.

Am yr Awdur

Ar ôl cychwyn fel seren ar raglenni plant, mae **Sir Lenny Henry** wedi dod yn un o ddigrifwyr mwyaf adnabyddus Prydain, yn ogystal ag awdur, dyngarwr ac actor sydd wedi ennill gwobrau. Mae hefyd yn gydsylfaenydd yr elusen Comic Relief. Mae Lenny'n eiriolwr cryf dros amrywiaeth ac yn ddiweddar mae wedi cydysgrifennu'r llyfr *Access All Areas: The Diversity Manifesto for TV and Beyond.*

Am yr Addasydd

Awdur, bardd, a dramodydd o Gaerdydd yw **Nia Morais**, sy'n ysgrifennu am hunaniaeth, hunan hyder, hud a lledrith, ac arswyd. Nia yw Awdur Preswyl Theatr y Sherman, ac mae hi wedi gweithio gyda'r theatr i ysgrifennu Crafangau/ *Claws*, addasiad o *A Midsummer Night's Dream* (ar y cyd â Mari Izzard), ac Imrie (gyda chwmni drama Frân Wen). Hi hefyd ysgrifennodd Betty Campbell – Darganfod Trebiwt gyda chwmni drama Mewn Cymeriad a Theatr Genedlaethol Cymru. Nia yw Bardd Plant Cymru 2023-2025 ac mae hi hefyd yn gweithio fel cyfieithydd. Mae'n ysgrifennu'n ddwyieithog ar gyfer plant ac oedolion.

Am y Darlunwyr

Darlunydd ac animeiddiwr wedi'i leoli yn Efrog Newydd yw **Keenon Ferrell**. Mae'n creu gwaith celf wedi'i ysbrydoli gan gerddoriaeth, ffasiwn a chwaraeon. Mae ei hoffter o straeon, ffantasi a hanes yn amlwg yn ei waith. Mae cleientiaid Keenon yn cynnwys: Netflix, Capital One, StoryCorps a Sony Music Entertainment.

Mae **Mark Buckingham** wedi bod yn creu comics ers tri deg pum mlynedd, ac wedi ennill clod am ddylunio, adrodd straeon ac amrywiaeth o arddulliau celf o bob math. Mae'n fwyaf adnabyddus fel yr artist rheolaidd ar y gyfres boblogaidd Fables gan Bill Willingham, ac am ei waith gyda Neil Gaiman ar *Miracleman, Sandman* a *Death*. Bu'n cydweithio'n flaenorol â Lenny Henry ar ei hunangofiant *Who Am I, Again?*

Hefyd gan Rily

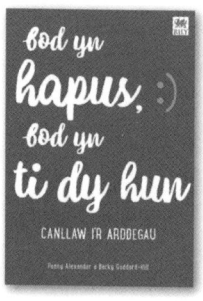

www.rily.co.uk